रूद्र–एक योद्धा

रूद्र–एक योद्धा

आलोक मिश्रा

GenNext Publication

रूद्र–एक योद्धा

ISBN: 978-93-8022-292-9

मूल्यः ₹

भारत में सन् 2015 में प्रकाशित

जेनेक्स्ट पब्लिकेशन

5, अंसारी रोड, दरियागंज,

नई दिल्ली–110002

Phone : 9811692060

ई–मेलः gennextpublication@hotmail.com

मुद्रितः जी. प्रिंट प्रोसेस, दिल्ली

1

रूद्र–एक योद्धा

सत्य और असत्य के बीच सदैव अपने प्रभुत्व और वर्चस्त को सिद्ध करने की लड़ाई चलती रहती है। यह कथा उस वक्त की कहानी है, जब कलयुग का आगमन इस सृष्टि पर प्रथम बार हुआ था और द्वापर युग का प्रकाश धीरे–धीरे अस्त हो रहा था। उस वक्त देवताओं के लिए सबसे बड़ी समस्या का विषय यह था, कि वे सृष्टि पर किस प्रकार धर्म और सत्य की रक्षा करेंगे?

तत्पश्चात् देवताओं ने सत्य की रक्षा हेतु, पृथ्वी पर एक राज्य की बागडोर इवादेव के राजा सम्राट् उत्तम कुमार को सौंप दी। सम्राट् उत्तम कुमार स्वयं एक धार्मिक और वीर योद्धा थे। देवताओं ने सम्राट् उत्तम कुमार के वंश को असीम ताकत और अमृत प्रदान किया। जिससे उनके वंश का प्रत्येक व्यक्ति पृथ्वी पर सत्य और धर्म की रक्षा करेगा। सम्राट् उत्तम कुमार ने सत्य की रक्षा हेतु अपने राज्य का विस्तार किया तथा अपने राज्य में लोगों को धर्म और सत्य की रक्षा हेतु प्रोत्साहित किया।

वही दूसरी तरफ एक ओर जहाँ ईवादेव के सम्राट् उत्तम कुमार सत्य और धर्म का विस्तार कर रहे थे, उसी वक्त कलयुग ने भी

पृथ्वी पर अधर्म का प्रचार करने हेतु दैत्य शक्तियों को शक्तिशाली बनाना प्रारंभ कर दिया था तथा दैत्यों के राजा "मकरंहद" को यह जिम्मेदारी सौंपी कि वह पृथ्वी पर पूर्ण रूप से अधर्म का विस्तार करे। जिसमें मकरहंद काफी हद तक सफल भी हुआ लेकिन जब तक पृथ्वी पर सम्राट् उत्तम कुमार और उनका वंश जीवित था। तब तक मकरहंद का सपना कभी पूरा नहीं हो सकता था।

मकरहंद ने सम्राट् उत्तम कुमार को परास्त करने हेतु कई बार उनके राज्य पर आक्रमण किया परंतु हर बार उसे किलता ही हाथ लगती थी। मकरहंद अपनी हार से निराश होकर जब कलयुग के पास गया, तब कलयुग ने उसे यह सुझाव दिया, कि जब तक सम्राट उत्तम कुमार और उनके वंश की हत्या नहीं हो जाती, तब तक पृथ्वी पर असत्य और अधर्म का ध्वज नहीं फहराया जा सकता। और यह भी सत्य है, कि तुम कभी आमने-सामने की युद्ध में महाराज उत्तम कुमार को पराजित नहीं कर सकते अत: तुम्हें उनको मारने के लिए कोई दूसरी युक्ति निकालनी होगी।

कलयुग से परामर्श करने के पश्चात् मकरंहद ने काफी विचार-विमर्श किया अंततः उसने महाराज उत्तम कुमार के विरूद्ध अपने एक दैत्य का आह्वान किया। जिसका नाम था "क्रूरदंभ"। क्रूरंदभ अपने नाम के अनुरूप जितना क्रूर था, उतना ही मायावी और भयावह था।

क्रूरदंभ ने सम्राट् उत्तम कुमार और उसके वंश के विध्वंस हेतु एक युक्ति निकाली और वह सम्राट् उत्तम कुमार के राज्य के जंगल में जाकर निवास करने लगा। क्रूरंदभ प्रतिदिन जंगल से बाहर निकलता और जंगल के आस-पास के लोगों के घरों को जलाता, उनकी फसलों को बर्बाद करता और पशुओं को मारकर छुप जाता

था। गांव के लोग जब क्रूरदंभ के अत्याचारों से तस्त्र हो गए। तब उन्होंने उसके अत्याचारों की शिकायत सम्राट् उत्तम कुमार के कानों तक पहुँचा दी। सम्राट् उत्तम कुमार ने क्रूरदंभ के अत्याचारों का अंत करने हेतु अपने सैनिकों को आदेश दिया कि क्रूरदंभ को जल्द से जल्द गिरफ्तार कर दरबार में प्रस्तुत करें।

लेकिन सैनिकों के लाख प्रयत्न करने के पश्चात् भी क्रूरंदभ उनके हाथ नहीं आया। और उसका अत्याचार दिन–प्रतिदिन आस–पास के गांवों में बढ़ने लगा। तत्पश्चात् सम्राट् उत्तम कुमार ने स्वयं उसके अंत की प्रतिज्ञा ली और वे उसकी तलाश में जंगल की तरफ निकल पड़े। जंगल में काफी तलाश करने के पश्चात् भी जब उन्हें क्रूरदंभ नहीं मिला, तब वो निराश होकर जंगल के सरोवर के पास बैठ गए। तभी उनकी दृष्टि एक महात्मा पर पड़ी जो तपस्या करने के उपरांत अपनी कुटिया की ओर प्रस्थान कर रहे थे। सम्राट् उत्तम कुमार ने उस महात्मा के समीप जाकर उन्हें प्रणाम् किया तथा उनसे अपने जंगल में भटकने का कारण बताया। महात्मा ने सम्राट् को रात्रि में अपनी कुटिया में ठहरने का निवेदन किया तथा यह भी वचन दिया कि वे अगली सुबह में ही राजा के साथ मिलकर उस दुष्ट दैत्य क्रूरदंभ की खोज करेंगे और उसका वध करने हेतु राजा की मदद करेंगे।

राजा ने महात्मा के निवेदन को स्वीकार कर लिया तथा रात्रि विश्राम हेतु उनकी कुटिया में प्रस्थान के पश्चात् चीर निंद्रा की। रात्रि के समय जब सम्राट् उत्तम कुमार चीर निंद्रा में सो रहे थे तभी वह महात्मा, जो वास्तव में क्रूरदंभ ही था, उसने अपनी तलवार से सम्राट् का वध कर दिया और सम्राट् उत्तम कुमार का भेष बदल कर उनके राज्य की तरफ बढ़ निकला, जहां पर वह पहुंचकर सम्राट् की

गर्भवती पत्नी की हत्या कर सके तथा इसी के साथ उस राज्य ईवादेव में भी अधर्म का विस्तार कर सके।

भेष बदलकर महल में पहुँचने के पश्चात् वह सीधा सम्राट् के कक्ष में गया तथा उसने रानी से जल की मांग की। जब रानी राजा के लिए जल लेकर जा रही थी, तब रास्ते में सम्राट् उत्तम कुमार का घोड़ा मिला जो वास्तव में देवों द्वारा दिया गया वह घोड़ा था जो मनुष्य की भाषा में वार्तालाप कर सकता था। जब रानी उस घोड़े के समीप पहुँची।

तब घोड़े ने रानी के हाथ को धक्का मारकर उनके हाथ से वह जल गिरा दिया। रानी को यह घटना थोड़ी अजीब लगी, परंतु रानी ने सोचा कि शायद थकान की वजह से घोड़े ने ऐसा व्यवहार किया और वह पुनः राजा के लिए जल लेकर जाने लगी। लेकिन दूसरी बार भी जब घोड़े ने ठीक उसी प्रकार रानी के हाथ से जल गिरा दिया, उसके उपरांत रानी अपने क्रोध पर नियंत्रण ना रख सकी और घोड़े को बुरा-भला सुनाया तथा उसे यह आदेश दिया कि वह उसी क्षण उसकी आंखों से ओझल हो जाए। रानी की डांट सुनने के पश्चात् घोड़े से अपने दुःख को छुपाया न जा सका और उसने जंगल में राजा के साथ हुई सारी घटना का वर्णन रानी से किया। जिसे सुनने के पश्चात् रानी अपने पर काबू न रख सकी और वह अपना सुध-बुध खोकर जमीन पर बैठ गई।

तत्पश्चात् घोड़े ने रानी से कहा कि महारानी! यह वक्त राजा के लिए शोक मनाने का नहीं अपितु आपकी कोख में पल रहे उस राजकुमार को बचाने का है जो सत्य और धर्म की रक्षा हेतु पैदा होगा और वह पुनः इस राज्य में शांति और सौहाद की स्थापना करेगा। अतः महारानी आपसे यह अनुरोध है कि आप एक तलवार

लेकर मेरी पीठ पर बैठ जाइये ताकि मैं जल्द से जल्द आपको एक सुरक्षित स्थान पर ले जा सकूँ।

इतना सुनने के पश्चात् रानी तलवार लेकर घोड़े की पीठ पर विराजमान हो गई और घोड़ा रानी को लेकर एक सुरक्षित स्थान की ओर निकल पड़ा।

इधर जब क्रूरदंभ के काफी प्रतिक्षा के उपरांत भी रानी जल लेकर नहीं आई तो उसने अपने मायावी दृष्टि से देखा कि रानी एक घोड़े पर सवार होकर उत्तर दिशा की ओर तीव्र गाति से भाग रही थी। यह देखने के पश्चात् क्रूरदंभ काफी क्रोधित हुआ और रानी की हत्या के लिए वह भी रानी के पीछे भागने लगा। रानी का पीछा करते–करते क्रूरदंभ रानी के काफी करीब आ गया था और उसने जैसे ही घोड़े की पूंछ को पकड़ना चाहा, घोड़ा तब तक उत्तर दिशा में बह रही गंगा नदी में कदम रख चुका था जो कि क्रूरदंभ के लिए पार करना या उसमें कदम रखना मुमकिन नहीं था। लेकिन क्रूरदंभ ने घोड़े की पूंछ को पकड़कर अपनी तरफ खीचने का प्रयत्न काफी जोरो से शुरू कर दिया था। तभी घोड़े ने रानी से कहा–महारानी! आप तलवार से मेरी पूंछ काट दीजिए ताकि मैं आपको सही–सलामत नदी के दूसरे छोर पर पहुंचा सकूं, जहां पर आप इस राक्षस के प्रकोप से सुरक्षित रहेगी और सत्य की रक्षा के लिए आपकी कोख में पल रहे युवराज की रक्षा भी हो सके। इतना सुनने के पश्चात् रानी ने तलवार से घोड़े की पूँछ पर वार किया, जिससे उसकी पूंछ उसके शरीर से अलग हो गयी और पीड़ा की वजह से वहीं नदी में गिर पड़ा। नदी की तेज बहाव से बचकर घोड़ा और रानी नदी के दूसरे छोर पर आ लगे थे। पीड़ा की वजह से अब घोड़े का आगे चलना थोड़ा मुश्किल हो गया था। घोड़े ने तड़पते हुए रानी से

कहा–महारानी, मेरी मृत्यु अब काफी निकट है। आगे का सफर अब आपको स्वयं तय करना होगा, लेकिन आप चिंतित न हो, क्योंकि जब आपकी कोख से युवराज जन्म लेंगे, तब उनकी कानी अंगुली में अमृत होगा, जिसका रक्त आप मेरी कब्र पर गिरा दीजिएगा। मैं पुनः जीवित हो जाऊँगा और हम लोग एक बार पुनः राजकुमार की मदद से अपने राज्य ईवादेव में सत्य, धर्म और शांति की स्थापना कर सकेगें।

इधर दूसरी तरफ जब दैत्य राजा मकरहंद ने ईवादेव राज्य पर आक्रमण कर उस राज्य को भी अपने अधीन बना लिया था।

वहीं घोड़ा, इतना कहने के पश्चात् मृत्यु की कोख में समा गया। रानी ने घोड़े की कब्र वहीं नदी के पास बना दी और अंतिम क्रिया करने के पश्चात् उसकी कब्र के पास बैठकर फूट फूटकर रोने लगी। उनके रोने की आवाज दूसरे राज्य के माली के कानों तक पहुंची। जिसकी कुटिया वहीं नदी के समीप थी। जब उसने स्त्री के रोने की आवाज सुनी तब वह उस दिशा में चल पड़ा, जहां से उसे रानी के रोने की आवाज आ रही थी।

रानी के पास पहुंचकर माली ने पूंछा आप कौन हो देवी? और आप इतनी रात को इस विरान जगह पर क्यूं रो रही हो?

रानी ने सत्य न बताकर, उस माली से कहा–बाबा मैं पड़ोसी राज्य से एक मछूवारे की बेटी हूँ तथा हमारा घर नदी में बाढ़ की वजह से पूरी तरह नष्ट हो गया है। जिसकी वजह से मैं इस संसार में अकेली हो गई हूँ। उस बाढ़ में मेरे घर के साथ–साथ मेरे पति और मां–बाप सभी की मृत्यु हो गई है। महारानी की बात सुनने के पश्चात् उस माली ने उससे कहा–बेटी दुःखी न हो। मैं भी इस

दुनिया में तेरे जैसा ही अकेला हूँ। अतः शायद भगवान ने तुझे मेरे बुढ़ापे का सहारा बनाकर भेजा हैं आज से तुम मेरे साथ मेरे घर पर मेरी बेटी बनकर रहेगी तथा मैं सदैव एक पिता का धर्म निभाऊँगा। उसके पश्चात् रानी उस वृद्ध माली के साथ उसके घर उसकी बेटी बनकर रहने लगी।

धीरे–धीरे समय बदलता गया। एक ओर जहां पर दैत्यराज मकरहंद की शक्तियाँ बढ़ रही थी। वही दूसरी तरफ रानी ने कुछ महीनों के पश्चात् सत्य और धर्म के रक्षक को जन्म दिया, जिसका नाम था– "रूद्र"।

जन्म के समय रूद्र के मुख पर असीम तेज था। धीरे–धीरे समय का पहिया बढ़ता रहा और रूद्र भी बड़ा होने लगा था। एक दिन जब रूद्र पांच वर्ष का हो गया तब उसने अपने नाना से कहा–'नाना–नाना! मेरी उम्र के अधिकतर दोस्त विद्यालय में शिक्षा ग्रहण के लिये जाते है। अतः आपसे अनुरोध है, कि मुझे भी विद्यालय जाने की अनुमति प्रदान करें, ताकि मैं भी अपने दोस्तों के साथ शिक्षा ग्रहण कर सकूं। रूद्र की बातों की सुनने के पश्चात् वृद्ध माली ने रूद्र से कहा–बेटे। हम लोग बहुत ही गरीब है तथा हमारा जीवन–यापन यहां के राजा के रहमोकरम पर निर्भर करता हैं अतः आपको विद्यालय भेजने से पूर्व मुझे राजा से अनुग्रह करना होगा। इतना कहने के पश्चात् वह वृद्ध माली राजा के पास अपने नाति के लिए अनुग्रह करने दरबार में चला गया।

दरबार में पहुंचने के पश्चात् माली ने राजा से कहा– महाराज! मैं आज आपसे एक अनुरोध करने आया हूँ ताकि आप मेरे नाति को विद्यालय जाने की अनुमति प्रदान कर सकें। राजा उसके अनुरोध से काफी प्रभावित हुए और उन्होंने माली को अनुमति दे दी। अनुमति

मिलने के पश्चात् माली ने रूद्र का दाखिला उस राज्य के विद्यालय में करवा दिया। विद्यालय में रूद्र की दोस्ती ओर सहपाठियों से भी हो गई थी। एक दिन शाम को जब रूद्र विद्यालय से घर आया तब वह थोड़ा उदास था। रानी को बेटे की उदासी देखी नहीं गई और उन्होंने उससे उसकी उदासी का कारण पूछा, तब रूद्र ने बताया कि विद्यालय में उसके साथ पढ़ने वाले सहपाठी हमेशा दूध और दही का सेवन करते है। तथा उनके घरों पर भी गाय और भैंसे होती है। अतः उसे भी अपने घर में एक गाय चाहिए जो उसके लिए दूध और दही की व्यवस्था कर सके। रूद्र की बातों की सुनने के पश्चात् रानी ने उसे समझाया कि बेटा हमारे पास इतना धन नहीं है कि हम एक गाय खरीद सकें, अतः आप अपना हठ त्याग दें। लेकिन रूद्र ने भी जिद पकड़ ली थी। कि जब तक घर पर गाय नहीं आ जाती तब तक वह भोजन ग्रहण नहीं करेगा। रूद्र की इस जिद की वजह से रानी काफी दुखी हो गई तथा वो उस वृद्ध माली के पास पहुंची। वृद्ध माली के पास जाकर रानी ने कहा- बाबा! रूद्र ने जिद पकड़ ली है कि जब तक उसके पास गाय नहीं होगी। तब तक वह अन्न ग्रहण नहीं करेगा। वह मेरी बात भी नहीं सुन रहा है। अतः उसकी इस जिद की वजह से मुझे काफी चिंता हो रही है। रानी की बात सुनकर वृद्ध माली ने कहा- बेटी। आप दुखी मत हो, मैं गाय के लिए राजा से अनुरोध करूंगा, ताकि वो हमें एक गाय दे सकें और वह अगले दिन राजा के दरबार में गाय के लिए अनुरोध करने पहुंचा। दरबार में पहुंचने के पश्चात् माली ने राजा से कहा-महाराज मैं आपके दरबार में एक माली हूँ तथा आज मैं आपसे एक अनुरोध करने आया हूँ कि आप मुझे एक गाय प्रदान करें, जिसके दुग्ध से मैं अपने परिवार का भरण-पोषण कर सकूँ। माली की बात सुनने के पश्चात् राजा ने कहा-माली तुम हमारे राज्य में काफी दिनों से

कार्यरत हो और आज तक तुमने कभी भी किसी चीज के लिए मेरे सामने हाथ नहीं फैलाया, लेकिन मैं देख रहा हूँ कि कुछ दिनों से तुम जरूरत से ज्यादा मांगने लगे हो। क्या मैं इसका कारण जान सकता हूँ? राजा की बात सुनने के पश्चात् माली ने राजा से कहा–महाराज मैं आपका एक मामूली सा सेवक हूँ और मुझे कभी आपके शासन काल में किसी चीज की आवश्यकता नही पड़ी, लेकिन ये सब आवश्यकताएँ मेरी नहीं, मेरे पांच वर्ष के नाति की है, जिसकी जिद के आगे मैं विवश हूँ। कुछ पल विचार करने के पश्चात् राजा ने माली से कहा ठीक है, मैं तुम्हारे अनुरोध को स्वीकार करता हूँ और गौशाले से तुम्हें एक गाय प्रदान की जाएगी। गौशाला पहुंचकर जब माली ने राजा द्वारा दी गई गाय को देखा, तो अपना सिर पकड़ कर बैठ गया। राजा द्वारा दी हुई गाय काफी वृद्ध थी तथा वह ठीक से खड़े होने में भी वह अक्षम थी। गाय को देने के उपरांत राजा ने माली को यह निर्देश पारित किया कि अगर यह गाय एक मांस के अंदर में मृत्यु को प्राप्त होती है तो मैं तुम्हें और तुम्हारे नाति को मृत्युदंड का आदेश दे दूंगा। और अगर यह गाय एक मास से अधिक जीवित रह जाती है तो मैं तुम्हें कोई भी मुँह मांगा इनाम दूँगा। राजा की बात सुनने के पश्चात् वह माली थोड़ा चितित हो गया क्योंकि गाय की हालत देखकर ऐसा प्रतीत हो रहा था जैसे कि वह मात्र कुछ दिनों की ही मेहमान है और वह एक–दो दिनों के अंदर ही मृत्यु को प्राप्त हो जाएगी।

शाम को जब रूद्र अपने विद्यालय से घर आया, सर्वप्रथम् उसने आते ही माँ से गाय के बारे पूछा। माँ ने थोड़े उदासी से रूद्र को समझाया, कि बेटा आज तुम्हारी जिद की वजह से ही हम इतने मुसीबत में फंस गए है। रूद्र ने माँ से फिर पूछा–मुसीबत? कैसी

मुसीबत! आप कृप्या विस्तार से समझाइए। क्योंकि मुझे कुछ समझ नहीं आ रहा है कि आप क्या कहना चाह रही है? तब रानी ने रूद्र को राजा और उसके नाना के बीच हुए वृतांत की घटना कह सुनाई।

वृतांत सुनने के पश्चात् रूद्र ने अपनी माँ से कहा–माता! आप चिंतित न हो। मैं गाय को किसी भी कीमत पर मरने नहीं दूंगा और हम राजा से मुँह मांगा इनमा भी लेंगे। माँ को वचन देने के उपरांत रूद्र सीधे उस स्थान पर गया, जहां पर वह गाय बंधी हुई थी। रूद्र को देखते ही वह गाय अचानक से खड़ी हो गई, ऐसा प्रतीत हो रहा था, जैसे मृत्यु सरूया पर भी वह गाय रूद्र की ही प्रतिक्षा कर रही हो और रूद्र को देखते ही उसके वृद्ध शरीर में अजीब सी स्फूर्ति आ गई थी। जो गाय दो–तीन लोगों की मदद से भी खड़ी नहीं हो पाती थी, आज वो रूद्र को देखते ही बिना किसी मदद के उसके समीप चली गई और अपनी जीह्वा से रूद्र के हाथों को चाटने लगी। गाय का यह रूप देखकर, रूद्र की माँ और उसके नाना तथा आस–पास के लोग आश्चर्यचकित हो गए थे। उसके बाद गाय और रूद्र काफी दिनों तक एक साथ रहे। रूद्र जब भी विद्यालय से आता उसके पश्चात् वह गाय की सेवा में लग जाता। एक दिन रूद्र शाम के समय उस गाय को जब नदी किनारे स्नान करवा रहा था कि तभी उसको किसी स्त्री की आवाज सुनाई दी–बेटा। मैं तुम्हारी सेवा भाव से अत्यंत प्रसन्न हूँ और मैं वर्षों से तुम्हारी प्रतिक्षा कर रही थी। लेकिन अब मुझे यह अपना गाय रूपी शरीर को त्याग कर सदैव के लिए मृत्यु के आलिंगन में समाना होगा, यह सूचना देना चाहती हूँ कि तुम एक साधारण बालक नहीं हो और तुम्हारा जन्म एक खास मकसद के लिए इस पृथ्वी पर हुआ हैं इसमें तुम्हारी सहायता देव भी करेंगे। अब वह वक्त आ गया है कि मैं तुम्हारी सहायता हेतु वह

गुप्त राज तुम्हें बताऊँ, जिसकी सहायता से तुम अत्यंत शक्तिशाली बन जाओगे तथा तुम एक बार पुनः संकट में पड़े पृथ्वी पर धर्म और सत्य की रक्षा करोगे तथा उनकी पुनः स्थापना करोगे। अब मेरी बात जरा ध्यान से सुनना, जब मैं मृत्यु को प्राप्त हो जाऊगी, उस वक्त मेरी मृत देह गिद्धों का आहार बनेगी। उसी समय जब गिद्ध मेरी मृत देह के समीप मंडरा रहे होंगे, तुम किसी तरह मेरे नीचे छुप कर बैठ जाना और जैसे ही गिद्धों का राजा मुझपर पहले चोट का प्रहार करे, तुम उसकी गर्दन पकड़ लेना और उससे पैजनिया की मांग करना।

गाय की बातों को सुनकर रूद्र थोड़ा दुखी और आश्चर्यचकित हो गया और आश्चर्य में उसने पूछा माते! यह पैजनिया का क्या रहस्य है और आप मुझे छोड़कर जाने की बाते क्यूँ कर रही हों? गाय ने कहा– पुत्र! सृष्टि में जो भी जन्म लेता है उसको एक ना एक दिन मृत्यु का स्वाद भी चखना होता है। लेकिन मैं धन्य हूँ कि मुझे सृष्टि में धर्म की स्थापना हेतु चुना गया और मैं अपना फर्ज निभा पाई।

बेटा! पैजनिया एक जादुई डिबिया है तथा यह डिबिया देवराज इन्द्र ने गिद्धों के पास सुरक्षित रखा था जिसकी रक्षा करना गिद्धों के राजा की जिम्मेवारी होती है। उस जादू के डिबिया में असीम ताकत है और वह जबतक तुम्हारे पास रहेगी तबतक कोई भी बुरी आत्मा या बुरी शक्ति तुम्हारा बाल भी बांका नहीं कर पाएंगे। उस डिबिया की मदद से तुम अपनी एक नई सेना का निर्माण करना तथा उस सेना की मदद से तुम दैत्य राक्षस मकर तथा क्रूरदंभ का विनाश कर सकोगे। एक बार पुनः सृष्टि में सुख और शांति की स्थापना कर पाओगे। इतना कहने के पश्चात् वह गाय मृत्यु को प्राप्त हो गई।

गाय की मृत्यु के उपरांत रूद्र भाग कर अपने घर गया तथा वहां से एक कंबल लेकर वापस उस स्थान पर पहुंच गया जहां गाय की मृत देह पड़ी हुई थी कंबल लेकर रूद्र उस गाय के नीचे छुप गया जैसा कि उस गाय ने उसे बताया था। कुछ समय प्रतिक्षा के उपरांत जब गिद्धों का एक समूह गाय के शव के चारों तरफ उड़ने लगा, उस वक्त रूद्र भी सर्तक हो गया था। अब उसे बस इंतजार सिर्फ इस बात का था कि गिद्धों का राजा जब सबसे पहले गाय के शव के ऊपर प्रहार करेगा उस वक्त वो उस गिद्ध की गर्दन को पकड़ सके। तभी अचानक उस झुण्ड में से गिद्धों का राजा प्रकट हुआ और वह जैसे ही अपनी चोंच से गाय की पीठ के ऊपर प्रहार करने गया अचानक से रूद्र ने उसकी गर्दन पकड़ ली। गिद्धों के राजा ने अपने आपको छुड़ाने का बहुत प्रयत्न किया परंतु वह सफल नहीं हो पाया तथा रूद्र के शरीर पर कंबल होने की वजह से बाकि गिद्धों का प्रहार थी रूद्र के ऊपर बेअसर साबित हो रहा था। जब काफी प्रयत्न करने के उपरांत थी गिद्धों का समूह अपने राजा को नहीं बचा पाया तब गिद्धों ने रूद्र से अनुरोध किया कि वह उनके महाराज को छोड़ दे। गिद्धों की रानी ने नतमस्तष्क होकर रूद्र से अपने पति के प्राणों की भीख मांगना शुरू कर दिया था। गिद्धों की रानी ने रूद्र से कहा-कि वह उसके पति को छोड़ दे तथा वह अपने पति के जीवन के बदले रूद्र को कुछ भी देने को तैयार है। तब रूद्र ने कहा -हे गिद्धों की रानी! मैं आपके पति के प्राण सिर्फ एक ही शर्त पर छोड़ सकता हूँ। जब आप मुझे पैजनिया लाकर देगी। गिद्ध की रानी अपने पति के जीवन के आगे मजबूर थी। अतः उसने रूद्र की बात मान ली और उसे पैजनिया दे दी।

पैजनिया रूद्र के हाथों में देने से पूर्व महारानी ने रूद्र से कहा–हे बालक यह जादू की डिबिया देवताओं के राजा इन्द्र की धरोहर है। अतः मैं आपको यह सूचित करना चाहती हूँ कि अगर किसी कारणवश अगर यह जादू की डिबिया आपसे गुम हो जाती है तो यह सीधे देवराज इंद्र के पास चली जाएगी। और फिर इसे पाना आपके लिए बहुत कठिन होगा। इतना कहने के पश्चात् गिद्धों की रानी ने रूद्र को पैजनिया दे दिया तथा बाद में रूद्र ने थी गिद्धों के राजा को आजाद कर दिया। पैजनिया देखने में बहुत चमत्कारी थी और एक छोटे से माचिस की डिब्बी के समान था। पैजनिया को पाकर रूद्र काफी खुश हुआ और वह खुशी खुशी अपने घर की ओर चल पड़ा।

कुछ दूर चलने के पश्चात् रूद्र ने सोचा, क्यूँ ना पैजनिया की ताकत को आजमाया जाए। अतः पैजनिया की ताकत को अपनाने के लिए उसने पैजनिया से कहाँ– हे पैजनिया। मुझे इस वक्त आसमान की सैर करनी है। अंतः आप मेरी यह इच्छा पूर्ण करें। रूद्र का आदेश मिलते ही पैजनिया के अदर से एक मख्मल की दरी निकलती है और अंदर से आवाज आती है मेरे मालिक आप इस कालीन पर बैठकर अपने मनचाही माँग पूरी कर सकते हैं उसके उपरांत रूद्र उस कालीन पर बैठ गया तथा उसने कालीन से आसमान की सैर कराने की बात कही। कालीन रूद्र के आदेश को सुनने के पश्चात् उसको लेकर आसमान में उड़ गया तथा रूद्र को आसमान की सैर कराई। आसमान की सैर कराने के पश्चात् वह कालीन सकुशल जमीन पर लौट आई। पैजनिया को पाकर रूद्र काफी खुश हुआ और वह खुशी–खुशी अपने घर की तरफ चल पड़ा। अगली सुबह जब रूद्र विद्यालय के लिए तैयार हो रहा था,

तब उसने नाना से कहा–नाना राजा ने हमें एक वचन दिया था, कि अगर हमारी गाय एक मास से अधिक जीवित रह जाती है तो वह हमे हमारी स्वेच्छानुसार कोई भी इनाम देने के लिए बाध्य है और हम लोगों ने अपने वचनानुसार उस गाय को पूरे तीन मास तक जीवित रखा। अतः आप राजा से कुछ जमीन का टुकड़ा मांग लीजिए। जिसमें खेती कर हम अपना जीवन–यापन आराम से कर सकें। रूद्र की बातों को सुनकर वृद्ध माली ने कहा– बेटे! हमें अपनी इच्छाओं को सदैव नियंत्रण में रखना चाहिए तथा यह हमारी खुशकिस्मती है कि हम राजा के प्रकोप से बच गए। अतः हमें राजा से किसी भी प्रकार का और अनुरोध नहीं करना चाहिए। यह सुनकर रूद्र ने स्वयं निर्णय लिया कि वह स्वयं राजा के पास जाकर अपने पुरस्कार फलस्वरूप भूमि की माँग करेगा। शाम को लौटते वक्त रूद्र ने घर ना जाकर सीधे राजदरबार की तरफ प्रस्थान किया। राजदरबार में रूद्र राजा के समक्ष जाकर बोलता है–हे महाराज मैं आपके दरबार में काम करने वाले उस वृद्ध माली का नाति हूँ तथा मैं यहाँ पर आपसे पुरस्कार की इच्छा हेतु आया हूँ। राजा ने रूद्र से पूछा हे बालक। आपने हमें एक वृद्ध गाय दी थी और साथ में यह वचन भी दिया था कि अगर वह गाय एक मास से अधिक जीवित रह जाती है। तो आप हमें मुँह मांगा इनाम देंगे। अतः आपसे यह अनुरोध है कि आप उसी के फलस्वरूप पुरस्कृत करें, क्योंकि वह गाय हमारे यहां पूरे तीन मास तक जीवित रही।

रूद्र की बातों की सुनकर राजा ने कहा– बेटा। मैं तुम्हारी बातों से काफी प्रभावित हूँ। अतः आप अपनी स्वेच्छानुसार आप कुछ भी मांग सकते है। रूद्र ने राजा से कहा– महाराज मैं आपसे भूमि का एक टुकड़ा मांगता हूँ। तथा यह अनुरोध करता हूँ कि आप मेरे नाना

को अपनी दासता से मुक्त करें ताकि मैं और मेरे नाना खुशी–खुशी अपना जीवन यापन कर सके। राजा ने रूद्र की बातों से प्रसन्न होकर उसकी मांगें पूरी कर दी। तथा रूद्र को खेती युक्त जमीन और उसके नाना को दासता से मुक्त कर दिया।

जब यह खबर रूद्र के नाना तक पहुंची, तब वे काफी प्रसन्न हुए तथा उन्होंने रूद्र के साथ मिलकर यह निर्णय लिया कि अब वे भी रूद्र के साथ मिलकर खेती करेंगे और खुशी–खुशी अपना जीवन–यापन करेंगें।

किसी ने यह सत्य ही कहा है कि कभी भी सफलता दान में नहीं मिलती, सफलता पाने के लिए इंसान को दृढ़ निश्चय और परिश्रम दोनों करना पड़ता हैं।

राजा ने जो भूमि दी थी, वह एक बंजर भूमि दी थी और राजा यह जानता था कि उस भूमि पर फसल उगाना माली के लिए काफी कठिन होगा और थक हारकर माली को राजा के पास ही आना होगा, क्योंकि माली के पास न तो खेती युक्त संसाधन हो और न ही शरीरिक बल। यह जानते हुए भी राजा ने उन्हें पुरस्कार के बदले एक अभिशाप ही दे दिया था।

जब रूद्र और उसके नाना को उस भूमि के बारे में पता चला तब माली और चिंतित हो उठा। लेकिन रूद्र को अपने पैजनिया पर पूरा भरोसा था। अतः उसने वृद्ध माली से कहा– कि नाना आप परेशान न हो। अब आप राजा की दासता से मुक्त है और हम इस भूमि पर भी मेहनत कर फसल उगाएंगे। उसी रात को जब सारे लोग सो गए थे तब रात्रि में रूद्र ने पैजनिया को निकाला और उससे कहा– हे पैजनिया। आप राजा द्वारा दी हुई पथरिली और बंजर भूमि को खेतीयुक्त बना दो तथा रूद्र ने यह भी आदेश दिया– हे

पैजनिया! यह पूरी जमीन रातों रात एक खूबसूरत आमों के बगीचे में तब्दील हो जाए तथा उस बगीचे में इतने ज्यादा फल लगे, कि कभी हमारे परिवार को आर्थिक तंगी का सामना न करना पड़े। रूद्र के आदेशानुसार रातो-रात जमीन का मंजर पूरी तरह से बदल गया और देखते ही देखते वह पूरी भूमि एक खूबसूरत आम के बगीचे में तब्दील हो गई, जिसके पेड़ आम के फलों से लदे पड़े थे।

अगली सुबह जब वहां के निवासी सुबह उठे तो सभी के सभी राज्य के निवासी रातों-रात एक बंजर भूमि पर एक खूबसूरत आम के बगीचे को देखकर काफी ज्यादा आश्चर्यचकित हुए और धीरे-धीरे यह बात राजा के कानों तक भी पहुंच गई। राजा को भी काफी आश्चर्य हुआ कि अचानक इस बंजर भूमि पर रातों-रात इतना खूबसूरत आम का बगीचा कहां से आ गया। अतः उसने इस रहस्य को जानने हेतु माली को तुरंत अपने समक्ष पेश होने का आदेश दिया। राजा के आदेश को सुनकर माली बिना एक पल गवाए, तुरंत राजा के समक्ष पेश हुआ। राजा ने कड़क आवाज में माली से पूछा-माली। जो भूमि हमने तुम्हें दान में दी थी, वह भूमि अचानक एक खूबसूरत बगीचे में तब्दील हो गई और इसका क्या रहस्य है? माली ने हाथ जोड़कर राजा से कहा-महाराज इसमें मेरा कोई दोष नहीं है, मैं तो स्वयं आश्चर्यचकित हूँ, कि रातोरात ये कायाकल्प आखिर हुआ तो हुआ कैसे? राजा ने बगीचे के रहस्य जानने के लिए जी जान लगा दी, परन्तु फिर भी उसे सफलता नहीं मिली। अंत में राजा ने माली को जाने का हुक्म दिया और उसे सदा के लिए अपनी दासता से मुक्त भी कर दिया।

उधर माली की आर्थिक स्थिति भी सुधरने लगी। उसके बगीचे के आम दूर-दूर तक मशहूर होने लगे क्योंकि वह अत्यंत मीठे और

स्वदिष्ट थे। जिसका स्वाद का सेवन करने हेतु दूर–दूर से लोग आम खरीदने के लिए माली के पास आते।

धीरे–धीरे वक्त यूं ही बदलता चला गया। अब रूद्र अठारह वर्ष का एक युवक हो गया था। तथा आम के बगीचे की वजह से ये लोग काफी धनी भी हो गए थे और अब उनके पास खेती करने उपयुक्त और भी जमीने हो गई थी। इधर रूद्र की माँ और उसके नाना दिन प्रतिदिन वृद्धावस्था की तरफ बढ़ रहे थे। एक दिन शाम को जब खेती करके रूद्र घर आया तो उसने अपनी माँ से एक खुबसूरत घर बनाने की इच्छा व्यक्त की। उसने कहा–माते! मैं एक खूबसूरत घर इस जगह पर बनाना चाहता हूँ, जहां आप और नाना जी आराम से रह सके।

रातों रात खड़े हुए बगीचे की घटना ने रूद्र को काफी डरा दिया था, कि कहीं लोगों को यह पता चल जाए कि यह बगीचा जादुई शक्तियों द्वारा विकसित हुआ है तो कहीं लोग उससे उसकी पैजनिया दूर न कर दें। इसी वजह से रूद्र ने यह फैसला लिया कि वह पैजनिया का उपयोग कम से कम करेगा। लेकिन उस रात उसने न चाहते हुए भी एक बार पुनः पैजनिया का उपयोग करने का निर्णय लिया। रात्रि में जब सब लोग सो रहे थे, तब रूद्र ने पैजनिया से बोला–हे पैजनिया। मेरी यह इच्छा है कि आप हमारे छोटे से घर को एक बड़े महल में तब्दील कर दे जो कि इस नगर का सबसे खुबसूरत घर हो। रूद्र का आदेश मिलते ही रूद्र का छोटा सा घर देखते ही देखते एक खुबसूरत महल में तब्दील हो गया। वह महल वास्तव में बहुत ही खुबसूरत था। अगली सुबह जब राजा को इस बात की भनक लगी तो उसने तुंरत ही माली और उसके नाति को अपने समक्ष पेश होने का हुक्म दिया। राजा के हुक्म मिलते ही

माली और उसके नाति दोनों राजा के समक्ष पेश हुए। राजा ने उनसे महल के रहस्य के बारे में पूछा। काफी पूछताछ करने के पश्चात् भी जब रूद्र और माली राजा को कुछ नहीं बताया। तब राजा ने उन दोनों को काल कोठरी में डालने का हुक्म दिया और साथ ही उन्हें एक हफ्ते का वक्त यह कहकर दिया कि अगर एक हफ्ते के अंदर उन लोगों ने राजा को सब सत्य नहीं बताया तो उन्हे मृत्युदंड दे दिया जाएगा। राजा के फैसले को सुनकर रूद्र और उसके नाना भयभीत हो गए तथा उन्हें राजा के सैनिकों ने काल कोठरी में बंद कर दिया। काल कोठरी में पहुंचने के उपरांत रूद्र ने पैजनिया को निकाला और पैजनिया को यह आदेश दिया कि पैजनिया उसे उसके नाना तथा उसकी माता उनके महल सहित किसी सुरक्षित स्थान पर पहुंचा दे। रूद्र का आदेश सुनते ही उन लोगों को एक विरान टापू पर पहुंचा दिया वह टापू राजा की सीमा से बाहर था। अतः रूद्र ने उसी टापू पर अपने आप को स्थापित करने की इच्छा व्यक्त की और रूद्र ने जब उस पूरे टापू को पैजनिया की मदद से एक तय राज्य की स्थापना कर दी तथा देखते ही देखते वह राज्य काफी विकास करने लगा तथा दूर-दूर से लोग उस राज्य की सुंदरता और वैभवता को देखने के लिए आने लगे। एक दिन रूद्र ने अपने राज्य में आस-पड़ोस के सभी राजाओं को आमंत्रित किया ताकि उसका राज्य एवं आस-पास के समस्त राज्य मित्र भाव से एक दूसरे के साथ रह सके।

रूद्र ने सभी आमंत्रित राजाओं का अतिथि सत्कार किया। उसके आमंत्रण में वह राजा और उसका मित्र भी आया था जिसके काल कोठरी में रूद्र अपने परिवार समेत रातों रात गायब हो गया था। वह यहाँ रूद्र का अतिथि सत्कार देखकर दंग रह गया और आश्चर्य चकित भी था कि रातों-रात आखिर इन लोगों ने एक नए राज्य की

स्थापना कैसे कर दी। उसके प्रश्नों के उत्तर उसे नहीं मिल पा रहे थे। अभी वह इसी असमंजस में डूबा था कि तभी उसका मित्र राजा, उस राजा के समीप आया और उसने अपनी बेटी की शादी रूद्र से करवाने की इच्छा व्यक्त की। उस राजा ने अपने मित्र को समझाने का काफी प्रयत्न किया लेकिन उसके मित्र ने उसकी एक न सुनी और उसने रूद्र की माँ के समीप जाकर उसने निवेदन किया कि उसकी इच्छा है कि उसकी बेटी का विवाह महाराज रूद्र से संपन्न हो। राजा के प्रस्ताव को सुनकर रूद्र की माँ काफी प्रसन्न हुई और उन्होंने इस शादी के लिए बिना एक पल गवाएं इस रिश्ते के लिए मंजूरी दी। तब कुछ समय उपरांत राजकुमारी ज्योत्सना का विवाह संपन्न हुआ। एक रात जब राजा रूद्र अपने कमरे में वैज्ञानिक से वार्तालाप कर रहे थे तब उस वक्त रानी ज्योत्सना के अंश आई उसकी एक दासी ने उन्हें वार्तालाप करते सुन लिया था। पैजनिया को देखकर उसके दिमाग में यह लालच आया कि अगर वह किसी भी तरह पैजनिया को प्राप्त कर ले तो वह भी उसके समान अमीर और संपन्न बन सकती है। अतः उसने रात्रि में पैजनिया को चोरी करने का निर्णय लिया तथा रात्रि में जब सारे लोग सो रहे थे उस वक्त उस दासी ने चुपके से पैजनिया को रूद्र के पास से अलग किया तथा वह पैजनिया को लेकर सीधे अपने माँ के घर आई। रात्रि में जब माँ ने अपनी बेटी को अपने घर के दरवाजे पर देखा तो काफी आश्चर्यचकित हुई और उन्होंने पूछा – बेटी! इतनी रात को आप यहाँ क्या कर रही हैं इस वक्त आपकों तो राजकुमार ज्योत्सना के साथ उनके ससुराल में होना चाहिए था।

तब दासी ने अपनी माँ को बताया कि – माँ, उसकी हाथ एक ऐसा खजाना लगा है जिससे वह बहुत जल्द ही उसके सारे दुख–दर्द

दूर हो जाएगे। और वह लोग भी अपना समस्त जीवन खुशी-खुशी से बिता सकेगे। फिर उस दासी ने अपनी माँ को पैजनिया की सारी घटनाएँ कह सुनाई।

पैजनिया की घटना अपनी माँ का सुनाने के उपरांत दासी ने पैजनिया को हुक्म दिया- हे पैजनिया। उसके घर को एक महल में तब्दील कर दे। हुक्म मिलने के पश्चात् पैजनिया में से चार हष्ट-पुष्ट पहलवान निकले और उन्होंने उस दासी और उसकी माँ की जबरदस्त पिटाई की और पिटाई करने के उपरांत पैजनिया देखते ही देखते उनकी आंखों से ओझल हो गई। अगली सुबह जब रूद्र की आंख खुली और उसने देखा कि पैजनिया अपने स्थान पर नहीं है तब वह थोडा चिंतित हो गया। उसने पैजनिया की चारों तरफ ढूंढ़ा पर उसको पैजनिया कहीं नहीं मिली।

पैजनिया के न मिलने से रूद्र बहुत ज्यादा निराश हो गया था तथा उसका मन किसी भी कार्य को करने में नही लगता था।

इधर दूसरी तरफ दैत्यराज मकरंद का प्रभाव धीरे-धीरे बढ़ रहा था। लेकिन दैत्य को इस बात की चिंता सताई जा रही था जबतक उत्तम कुमार का पुत्र जीवित है तब तक उसके ऊपर मृत्यु का भय सदैव बना रहेगा। उसने महाराज उत्तम कुमार की पत्नी और पुत्र को ढूंढने का काफी प्रयत्न किया था, परंतु उसे सफलता नहीं मिली थी। लेकिन अब उसके कानों में भी राजा रूद्र के चमत्कारों की गूंज पहुंचने लगी थी तथा उसके गुप्तचरों द्वारा यह भी पता चला कि राजा रूद्र महाराज उत्तम कुमार के ही पुत्र है। अत: इसलिए उसने क्रूरंदभ का पुन: आह्वान किया जो कि माया नगरी राज्य का राजा था। क्रूरंदभ ने ही महाराज उत्तम कुमार की हत्या की थी अत: मकरंद को यह विश्वास था कि क्रूरंदभ ही उसके दुश्मनों का

विनाश कर सकता था। क्रूरंदभ, मकरंद के आह्वान करने पर प्रकट हुआ तथा उसने मकरंद को यह विश्वास दिया कि वह बहुत जल्द ही राजा रूद्र और उसके समस्त परिवार का विनाश कर देगा।

जहाँ एक तरफ राजकुमार रूद्र अपनी पैजनिया खोने की वजह से गमगीन था, वही दूसरी तरफ उसे यह नहीं पता था कि उसके दुश्मन उसकी मृत्यु के फिराक में बाहें फैलाए बैठे थे। काफी तलाश करने के उपरांत रूद्र को पैजनिया नहीं मिली तब रूद्र ने अपनी माँ से कहा– माते! मेरी सफलता के पीछे सिर्फ और सिर्फ पैजनिया का हाथ है और यह सत्य है कि मेरा अस्तित्व पैजनिया के बिना कुछ भी नहीं है अत: मैं आपसे अनुरोध करता हूँ कि आप मुझे पैजनिया की तलाश हेतु जाने के लिए अनुमति प्रदान करे, ताकि मैं पुन: पैजनिया को प्राप्त कर सकूँ। माँ की अनुमति लेने के बाद रूद्र पैजनिया की तलाश में निकल पड़ा । पैजनिया को ढूंढते रूद्र को कई मास बीत गए। पर उसे पैजनिया के बारे में कोई जानकारी नहीं मिली। पैजनिया की खोज करते करते रूद्र एक जंगल में भटक रहा था तो तभी उसे वहाँ पर एक साधु दिखाई दिया जो कई दिनों से तपस्या में लीन थे। साधु के पूरे शरीर को दीमक ने मिट्टी का लेप बना दिया था तथा उसकी विशाल जटाएं पेड़ों के डालियो के सहारे लिपटी हुई थी। रूद्र ने वहाँ पर रहकर उस साधु की काफी सेवा की तथा उसकी सेवा से प्रसन्न होकर साधु ने जब आंख खोली तब उन्होंने रूद्र से पूछा बालक आप कौन हो? आप इस विरान जंगल में क्या कर रहे हो? साधु की बात सुनकर रूद्र ने साधु को अपनी पैजनिया की कहानी कह सुनाई। कुछ समय सोचने के उपरांत साधु ने कहा–बालक मैं आपको पैजनिया तो नहीं दे सकता लेकिन मैं आपको एक जादुई छड़ी देता हूँ जिसकी मदद से आप किसी भी

जीव की तरह बदल सकेगे और यहाँ से उत्तर दिशा में सीधे चलने के बाद आपको मेरे गुरू तपस्या में लीन दिखेंगे और अगर आप उनकी सेवा करते में सफल होते हैं और वो आपसे प्रसन्न होते हैं तब शायद आपको आपकी पैजनिया की खोज करनें में मदद कर सकते है। इस जादुई छड़ी की मदद से तुम एक पक्षी का रूप धरण कर शीघ्र अतिशीघ्र उन तक पहुंच सकते हो। अतः बालक तुम यहाँ पर और विलंब न करो और जितनी जल्दी हो सके आप मेरे गुरू तक पहुंचे क्योंकि विधि तुम्हारे हाथों कई महत्वपूर्ण कार्य करवाना चाहती है।

उस महान् साधु से आर्शिवाद लेने के बाद रूद्र उस जादुई छड़ी की मदद से एक पंछी का रूप धारण करके उस महान् साधु की खोज में निकल पड़े। कुछ पल उड़ने के पश्चात् रूद्र को नदी किनारे एक कुटिया से एक प्रकाश आता हुआ दिखाई दिया। उस प्रकाश को देखकर वह समझ गया कि वह वही स्थान हो सकता है जिसके बारे में उस साधु ने बताया था। कुटिया में आने के बाद रूद्र पुनः अपना रूप धारण कर लिया और वह कुटिया के अंदर दाखिल हुआ। वहाँ पर उसने देखा कि वह किरण प्रकाश उस ऋषि के शरीर से निकल रही थी जो उस वक्त तपस्या में लीन थे। ऋषि के तपस्या के दौरान रूद्र ने कई वर्षो तक निःस्वार्थ भाव से उस ऋषि की सेवा की। रूद्र की सेवा से प्रसन्न होकर उस ऋषि ने रूद्र से कहा– हे बालक! मैं तुम्हारी सेवा भक्ति से अत्यंत प्रसन्न हूँ अतः तुम अपने स्वेच्छानुसार मुझसे कोई भी वर मांग सकते हो। उस साधु की बात सुनने के बाद रूद्र ने ऋषि से कहा आने का अपना उद्देश्य बताया तथा उसने निवेदन किया – हे महात्मा! आप मुझे पैजनिया दिलवाने में मेरी मदद करे। ऋषि रूद्र के सेवा भक्ति और

दृढ़ निश्चय से काफी प्रसन्न हुए और उन्होंने वचन दिया कि– हे बालक! मैं आपको पैजनिया दिलवाने में पूरी मदद करूँगा और इसलिए मैं अभी गिद्ध लोक के राजा का आह्वान करूँगा ताकि वो हमारे समझ पेश हो और तुम्हें तुम्हारी अमानत मै दिलवा सकूँ। ऋषि ने यह कहकर गिद्धों के राजा का आह्वान किया और कुछ समय बाद ही गिद्धों के राजा उस ऋषि के समीप प्रस्तुत हुए। ऋषि ने गिद्धों के राजा से कहा– हे गिद्धराज! आपने जो पैजनिया इस बालक को दिया था वह जादूई डिबिया इससे कहीं गुम हो गया है। अतः आपसे अनुरोध है कि वह डिबिया आप पुनः इस बालक को प्रदान करे। ऋषि की बातों को सुनकर गिद्धराज ने कहा– हे महात्मा! पैजनिया अब मेरे पास भी नही है। इस बालक के हाथों से जब पैजनिया चोरी हो गई थी उसके कुछ समय बाद ही देवराज इन्द्र हमारे पास आए थे उस पैजनिया को लेकर और उन्होंने कहा था कि मैं पुनः वह पैजनिया रूद्र तक पहुंचा सकूँ क्योंकि सिर्फ पैजनिया की मदद से ही रूद्र दैत्यराज मकरूद और क्रूरदंभ का अंत कर सकेगा क्योंकि सिर्फ पैजनिया के पास ही वह असीम ताकत है जिसकी मदद से राजकुमार रूद्र दैत्य सैनिक के विरूद्ध एक विशाल सेना खड़ी कर सकते है और अपने हाथों दोनो दैत्यों का वध कर पृथ्वी पर पुनः धर्म और शांति की स्थापना कर सकते है।

तदुपरांत गिद्ध ने रूद्र को उसके जन्मोद्देश्य को समझाया तथा यह भी कहा– हे राजकुमार रूद्र! जब मैं आपके राज्य में पैजनिया को लेकर जा रहा था, उस वक्त मैंने देखा कि मायानगर का राजा क्रूरदंभ एक विशाल सेना लेकर आपके राज्य पर आक्रमण कर चुका था तथा उस राक्षस ने आपके न मिलने पर आपकी पत्नी का हरण कर अपने राज्य की तरफ लौटने लगा। फिर मैं और मेरे साथियों ने

आपकी पत्नी को बचाने हेतु उस राक्षस से युद्ध किया परंतु उस युद्ध में हमारी पराजय हुई और उस दैत्य ने मुझसे पैजनिया भी छीन लिया।

हे राजकुमार! उस युद्ध में मैंने अपना संपूर्ण परिवार खो दिया है और हमारी आखिरी उम्मीद आप ही है कि उस दैत्य का अंत कर पुनः पृथ्वी पर खुशहाली का माहौल स्थापित करेंगे।

गिद्ध की बातों को सुनकर रूद्र काफी क्रोधित हुआ और उसने गिद्ध को यह वचन दिया कि मित्र मैं आपको वचन देता हूँ कि मैं अपनी पत्नी और पैजनिया को उस दैत्य का वध कर जरूर मुक्त करवाऊँगा। आप मुझ पर बस इतनी कृपा करे कि आप मुझे उस जगह का रास्ता बताए जहाँ से मैं मायानगरी पहुँच सकूँ। गिद्धराज ने रूद्र से कहा- हे राजकुमकार मायानगरी माया में बना हुआ एक ऐसा राज्य है जहाँ पर किसी भी अनजान जीव का प्रवेश असंभव है क्योंकि वह मायावी दैत्य ने उस राज्य की रचना इस प्रकार की है कि अगर कोई भी बाहरी प्राणी उसके राज्य में प्रवेश करता है तो उस राज्य के चारो तरु फैले सफेद रंग का ध्वज स्वतः ही लाल रंग के हो जाते है, जिसे देखकर दैत्यराज्य के सैनिक राज्य में घुसपैठ करने वाले घुसपैठियों का पता स्वतः लगा लेते है और उसको मृत्यु के घाट उतार देते है। सिर्फ इतना ही नहीं राजन् यहाँ से दो सौ कोस दक्षिण जाने पर आपको एक विशाल वन मिलेगा और जब आप उस विशाल वन मिलेगा और तदुपरांत आपको एक विशाल नदी मिलेगी। उस नदी को पार करने के पश्चात् ही आप माया नगर राज्य में प्रवेश कर सकेंगे। लेकिन वह नदी भी माया से परिपूर्ण है क्योंकि अगर कोई भी जीव उस नदी के उपर से या नदी में तैरकर उस मायानगर की तरफ बढ़ता है तो नदी उस जीव को अपने अंदर समेट लेती है

और वह जीव मृत्यु को प्राप्त होता है। मनुष्य तो मनुष्य उस वन के आगे हम पंछियों का प्रवेश वर्जित है। इसलिए इससे आगे मैं भी आपकी मदद नहीं कर सकता। लेकिन मैं आपको यह जरूर बताना चाहूंगा कि मायानगर का राजा क्रूरंदभ का वध तभी संभव है जब कोई उसके गले मे पड़ी मोतियों की माला को तोड़ दे और मोतियों को ले जाकर मायावी नदी में बहा दिया जाए तो ही उसकी मृत्यु संभव है परंतु उसमें एक विडंबना यह है कि जो व्यक्ति उन मोतियों को तोड़ता है वह कुछ पल के लिए बेहोश हो जाएगा और इसी बीच में वह दैत्य पुनः उन मोतियों को पिरोकर अपने गले में पहन लेगा और आसानी से अपने सामने वाले शत्रु की मृत्यु कर सकेगा। अतः उसकी मृत्यु एक तरीके से असंभव है क्योंकि कोई भी योद्धा उसके राज्य में प्रवेश हीं नही कर पाता।

गिद्ध की सारी वार्तालाप सुनने के बाद ऋषि ने रूद्र से कहा– हे वीर बालक! आप चिंतित न हो। दैत्यराज से लड़ने हेतु मैं आपको अस्त्र और वस्त्र दूँगा जिसकी मदद से आप उस दुष्ट दैत्य का वध कर सकेंगे। इतना कहने के उपरांत ऋषि अपनी आंख बंद कर पुनः तपस्या में गए और कुछ मंत्रों का उच्चारण करने लगे। कुछ समय के पश्चात् ऋषि के सामने एक तलवार और एक रस्सी प्रकट हुई। उनके प्रकट होने के बाद ऋषि ने रूद्र से कहा– हे वीर! यह तलवार और रस्सी मेरी तरफ से तुम्हें एक उपहार है। ये दोनों जादुई शक्तियों से भरपूर है और यह भी तुमको उस दैत्य से लड़ने में काफी कारगर होंगे। ऋषि ने कहा यह तलवार तुम्हारे आदेश को सुनकर तुम्हारे लिए दुश्मन से युद्ध करेगी, यह उस वक्त भी कारगर होगा जब तुम अचेत हो जाओगे। इस तलवार के रहते दुश्मन कभी भी आपका बाल भी बांका नहीं कर पाएगा।

तथा हे बालक! यह जादुई रस्सी है जो दैत्यराज क्रूरदंभ को उस वक्त तक बांधे रखेगा, जबतक आप उसे आजाद करने का आदेश नहीं देते। ऋषि द्वारा दिये जादुई शक्तियों को लेकर रूद्र मायानगर की तरफ निकल पड़ा। कुछ दिन चलने के उपरांत रूद्र को वह विशाल जंगल दिखाई दिया, जिसको पारकर वह उस मायावी नदी तक पहुंच सकता था। जंगल तक पहुंचते हुए संध्या हो गई थी अतः रूद्र ने रात्रि विश्राम का मन उस जंगल में ही व्यतीत करने का बनाया और विश्राम करने हेतु वह एक वृक्ष पर जा बैठा। कुछ समय उपरांत रूद्र जहाँ पर बैठा था उसी वृक्ष के नीचे उसने देखा कि एक शेर और शेरनी वार्त्तालाप कर रहे थे। शेर ने शेरनी से कहा- मुझे अपने आस-पास किसी मनुष्य के होने का आभास हो रहा है और लगता है आज बहुत दिनों के बाद हमें किसी मनुष्य को आहार बनाने का मौका मिलेगा। यह सुनकर रूद्र यह जान गया था कि उस में रात्रि बिताना किसी खतरे से कम नहीं है। अतः रूद्र ने निर्णय लिया कि क्यों न अपने पास पड़ी जादुई शक्तियों का परिक्षण किया जाए। अतः उसने जादू की छड़ी को हुक्म दिया कि वह उसे एक मक्खी के रूप में तब्दील कर दे तथा अपनी तलवार को हुक्म दिया कि रातोंरात जब पूरा जंगल साफ कर दे। रूद्र का हुक्म मिलने के उपरांत तलवार ने अपना काम शुरू कर दिया तथा रूद्र एक मक्खी के रूप में आ गया। सुबह होते-होते पूरा जंगल एक मैदान में तब्दील हो गया था। उस जंगल के सारे जानवर रातों रात पलायन कर गए थे। सुबह रूद्र वापस पुनः अपने रूप में आ गया। और अपनी यात्रा पर आगे बढ़ निकला। कुछ दूर चलने के उपरांत रूद्र की नजर एक दैत्य पर पड़ी जो उस विरान भूमि में खेती करने हेतु चार शेरों को एक साथ बांधकर हल जोत रहा था। उसने जिंदगी में पहली बार किसी व्यक्ति को शेरों के साथ खेती करते हुए देखा था।

रूद्र ने उस दैत्य के पास जाकर पूछा– हे वीर! आप कौन है? मैंने आप जैसा वीर पुरूष अपनी जिंदगी में इससे पहले कभी नहीं देखा है। रूद्र की बातों को सुनकर वह दैत्य बोला– मित्र! मेरा नाम सम्बाहु है और वह वन मेरा निवास स्थान था। लेकिन अचानक एक पल में न जाने कैसे कल यह वन एक विरान भूमि में तब्दील हो गया? अतः वन के नष्ट होते ही मेरे लिए अपना जीवन यापन करना थोड़ा मुश्किल हो गया है। इसी वजह से मैं वन के चार पशुओं की मदद से यहाँ पुनः वन को स्थापित करने की चेष्टा कर रहा हूँ। मित्र यह कटु सत्य है कि किसी भी चीज को विध्वंस करने में कुछ पल लगते है परंतु इसी चीज को पुनः स्थापित करने में वर्षों लग जाते है। मित्र मैं तो अपनी जीविका चलाने के लिए और अपने आपको पुनः स्थापित करने के लिए फिर से वन उगा रहा हूँ लेकिन मुझसे ज्यादा तो वीर वह पुरूष है जिसने अपने पुरूषार्थ के दम पर उस पूरे वन को रातों रात विरान भूमि में तब्दील कर दिया। उसकी बातों को सुनने के पश्चात् रूद्र ने उस दैत्य से कहा– मित्र सर्वप्रथम मैं आपसे माफी मांगता हूँ कि मेरी वजह से आपका निवास स्थान को क्षति पहुंचा और आपकी यह दुर्दशा हुई। रूद्र इतना कहकर थोड़ा भावुक हो गया। रूद्र की बातों को सुनकर दैत्य ने कहा– दोस्त! मैं आपकी वीरता के समझ अपना शीश नमन करता हूँ तथा मैं आजसे आजीवन आपका दास रहूंगा। इतना कहकर वह दैत्य रूद्र की कदमों पर गिर गया। रूद्र ने उस दैत्य को उठाकर अपने सीने से लगा लिया। दैत्य ने रूद्र को एक रात के लिए अपने यहाँ अतिथ्य स्वीकार करने का निवेदन किया। जिसको रूद्र ने हंसते–हंसते स्वीकार कर लिया। दोपहर को भोजन के बाद रूद्र ने उस दैत्य से पूछा– मित्र! मुझे यहाँ से माया नगर राज्य जाना है तो क्या आप उस राज्य तक पहुंचने में मेरी मदद कर सकते हो। मायानगर का नाम

सुनते ही उस दैत्य की आंखे भाव-विभोर हो गई और उसने दुख की भाव से रूद्र से निवेदन किया- हे मित्र! मायानगर किसी भी जीव के लिए नर्क के समान है तथा वहाँ पहुंचने वाला कोई भी जीव आज तक वापस नहीं आ पाया। लेकिन आज से कुछ वर्ष पूर्व मायानगर भी एक सुख संपन्न राज्य था जिसका राजा मैं हुआ करता था। लेकिन जिस दिन मेरे राज्य को उस दुष्ट राजा क्रूरदंभ की नजर पड़ी उसने अपनी मायावी और दैत्यशक्तियों की सहायता से मेरा राज्य और मेरा परिवार मुझसे छीन लिया। क्योंकि मैं दैत्य था। अतः इसलिए उन लोगों ने मेरा वध नहीं किया और मुझे अकेले इस वन में शरण लेना पड़ा। मित्र माया-नगर की रचना मेरे पूर्वजों के द्वारा की गई थी और हमने उसकी सुरक्षा हेतु इस नगर के चारो तरफ मायावी नदियों का निर्माण किया था। जो कि माया-नगर के लिए एक अभेद्य कवच का कार्य करती है। इन नदियों के अंदर से या उनके ऊपर से कोई भी जीव कभी मायानगर के अंदर प्रवेश नहीं कर सकता जब तक कि उसको मायानगर के राजा प्रवेश करने की अनुमति प्रदान न करे।

यह सुनने के बाद रूद्र ने उस दैत्य को अपनी व्यथा सुनाई तथा उनकी विनती की- हे राजन्! कोई तो ऐसा मार्ग या उपाय बताओं जिसके द्वारा मैं अपनी पत्नी को उसे दैत्य की चंगुल से बचा सकूँ। रूद्र की बातों को सुनने के बाद वह दैत्य काफी सोच में पड़ गया और काफी विचार करने के बाद उसने कहा- मित्र! नदी को पार करना किसी जीव के लिए थोड़ा मुश्किल है लेकिन जो व्यक्ति रातो रात इस पूरे जंगल को वीरान भूमि में बदल सकता है उसके पुरूषार्थ के आगे यह मायावी दीवारे किसी काम की नहीं है। अतः नदी को पार करने का रास्ता आपको ही निकालना होगा। मैं यहाँ नदी के किनारे आपके विजय की कामना करूंगा।

रूद्रः – एक योद्धा

रात्रि के भोजन के उपरांत रूद्र ने उस दैत्य से पूछा- मित्र! मायानगर के बारे में आप मुझे विस्तार से बतलाइए, ताकि मैं वहाँ पर जाकर अपनी पत्नी और पैजनिया दोनों को सकुशल वापिस ला सकूँ। दैत्यराज ने रूद्र से कहा- मित्र! मायानगर पूर्णरूप से एक मायावी नगरी है तथा वहाँ पर हर एक वस्तु जीव तथा वहाँ के घर पूर्ण रूप से अभेद्य बनाए गए है ताकि वहाँ पर किसी भी प्रकार से और किसी युक्ति से कोई भी बाहरी व्यक्ति प्रवेश न कर सके तथा वहाँ की किसी भी वस्तु या जीव को नुकसान न पहुंचा सके। मायावी नगरी का निर्माण हमारे पूर्वजों ने उस समय करवाया था, जब द्वापर युग में भगवान श्रीकृष्ण द्वारा हम दैत्यों का विनाश हो रहा था, उस वक्त कुछ बचे हुए दैत्यों ने दैत्यगुरू शुक्राचार्य से अपने अस्तित्व को बचाने हेतु गुहार लगाई।

तद्उपरांत दैत्यगुरू शुक्राचार्य ने हम दैत्यों से सुरक्षा हेतू मायानगरी का निर्माण किया, जहाँ पर हम दैत्य किसी भी बाहरी आक्रमण से सकुशल बच सकते है। वहाँ पर मायानगरी की सुरक्षा हेतु दैत्यराज शुक्राचार्य ने चारो तरफ मायावी नदियों का निर्माण करवाया जिसे कोई भी प्राणी चाहे वह सूक्ष्म हो या बड़ा हो पार नही कर सकता था, अगर वह किसी कारणवश पार करने में सफल भी हो जाए तो

मायानगरी के चारो ओर फैली हुई दीवारें जो कि बहुत ही विशाल है वह उसका रास्ता रोक लेगी। जिसको पार करना किसी भी व्यक्ति के लिए नामुमकिन है।

मायानगर के राजमहल में जो तहखाना है, जहाँ पर उस दुष्ट राक्षस ने आपकी पत्नी को कैद कर रखा होगा उसके चारों तरफ मायावी सैनिकों का कठोर पहरा होगा अगर किसी भी प्रकार कोई बाहरी व्यक्ति काल कोठरी तक पहुंच जाए तो उसके काल कोठरी प्रागंण में पैर रखने के पूर्व ही वहाँ पर लगा हुआ सफेद पताका लाल हो जाएगा, जिससे वहाँ के रक्षक और भी सचेत हो जाएगे। दूसरा किसी भी बहुमूल्य वस्तु को छुपाने के लिए मायानगर के राजमहल में हमने एक तहखाना बना रखा है जोकि राजा के शयनकक्ष में होता है और जबतक राजा अपनी स्वेच्छा से उस तहखाने को खोलने का आदेश नहीं देता, तबतक वह तहखाना नहीं खुलेगा। अगर राजा किसी भी प्रकार से दवाब में आकर उस तहखाने को खुलने का आदेश देगा, तो भी वह तहखाना नहीं खुलेगा। उस तहखाने को तभी खोला जा सकता है जब वहाँ के पहले राजा की मृत्यु हो जाए और उसकी जगह पर कोई दूसरा राजा विराजमान हो।

रूद्र ने दैत्यराज की सारी बातें सुनने के बाद कहा– मित्र! अगर मायानगरी इतना ही सुरक्षित था और आप वहाँ के राजा थे तो ऐसी कौन सी घटना घटी जिसकी वजह से आपकी यह दुर्दशा हुई। तब उस दैत्यराज ने कहा– रूद्र! जब दैत्यगुरू शुक्राचार्य ने उस मायानगरी का निर्माण किया था उस वक्त उन्होंने इसकी सुरक्षा की जिम्मेवारी दो सगे दैत्य भाईयों को सौंपी थी। जिनका नाम था– दैत्यराज मारिच और सर्पिच। देवगुरू शुक्राचार्य ने उन दोनों भाईयों को मायावी नगर के राजगद्दी पर विराजमान किया तथा उन्होंने यह निर्देश दिया कि

वो बची हुई दैत्य शक्तियों को पुनः सुरक्षित और संगठित करे। दोनों भाई मारिच और सर्पिच की सोच में काफी अंतर था परंतु सर्पिच का व्यवहार थोड़ा उग्र था। वह पुनः अपने दैत्यशक्तियों को एकत्रित कर तीनों लोको पर अपना परचम फहराना चाहता था लेकिन दूसरी तरफ मारिच की सोच उसके विपरीत थी। वह पहले बिखरी हुई दैत्य शक्तियों को एकत्रित करना चाहता था तथा वह उनकी सुरक्षा को लेकर काफी ज्यादा चिंतित था। कुछ समय उपरांत उन दोनों दैत्यों के एक-एक पुत्र हुए। दैत्यराज मारिच का पुत्र- दंभकुमार और दैत्यराज सर्पिच का पुत्र- मकरहंद। दैत्यराज सर्पिच के समान ही मकरहंद भी काफी महत्वाकांक्षी और उग्र स्वभाव का था। कुछ समय उपरांत जब मायानगरी के राजगद्दी पर हम दोनों भाई विराजमान हुए उस वक्त मकरहंद ने हमारी एक बडी दैत्यसैना के साथ विद्रोह कर दिया क्योंकि वह चाहता था कि दैत्य शक्तियाँ राज्य से बाहर निकले तथा अपनी ताकत और सामर्थ्य के बल पर पुनः अपना परचम तीनों लोकों में फहरा सके। लेकिन मैं उसके इस स्वप्न के विरूद्ध था क्योंकि मैं यह जानता था कि दैत्य शक्तियाँ युगो–युगांतर से इस महत्वकांक्षा को लेकर तीनों लोकों पर कई बार आक्रमण कर चुकी है परंतु हर बार उन्हें सिर्फ निराशा ही हाथ लगी है। और हमारे लिए सबसे बडी समस्या यह है कि द्वापर युग में भगवान श्रीकृष्ण और पांडवों के द्वारा दैत्यों का अंत अत्यधिक मात्राओं में हुआ था। अतः मैं यह नहीं चाहता था कि हमारा समाज पुनः ऐसे ही किसी मुसीबत में फंसे और इस सृष्टि पर से हमारे मूलवंश का ही विनाश हो जाए। लेकिन इसके विपरित मकरहंद की सोच थोड़ी अलग थी। फिर एक दिन मकरहंद के पास स्वयं कलयुग चलकर आया और उसने मकरंद की महत्वकांक्षा को पूर्ण करने हेतु असीम ताकत प्रदान की जिसके कारण मकरहंद अत्यधिक शक्तिशाली हो गया था। उन

शक्तियों को प्राप्त करने के बाद मकरहंद ने सर्वप्रथम मुझे राजगद्दी से उतार फेंका तथा वह स्वयं वहाँ का राजा बन गया और साथ में उसने मुझसे वह राजदंड भी हासिल कर लिया जिसके बल पर वह सम्पूर्ण मायानगर पर अपना एकाधिकार राज्य स्थापित कर सके।

मुझे राजगद्दी से उतारने के बाद उसने सृष्टि के कई राज्यों पर अपने विजय का परचम फहराया तथा उसने मुझे मायागर के कालकोठरी में कैद कर दिया। मुझे कैद करने के उपरांत जब मकरहंद अपने विजयात्रा पर निकल रहा था उस वक्त उसने मायानगर राज्य की जिम्मेवारी अपने अजीज मित्र क्रूरदंभ को सौंप दी तथा उसे वहाँ पर उस राज्य का नया राजा घोषित कर दिया। क्रूरदंभ को मायानगर का राजा घोषित करने के बाद मकरहंद अपनी विशाल दैत्यसेना के साथ विश्व विजय की मनोकामना पूर्ण करने हेतू निकल पड़ा। उधर क्रूरदंभ ने जो स्वयं एक मायावी राक्षस था मायानगर राज्य में पूर्णरूप से अपना वर्चस्व स्थापित कर लिया तथा उसने मुझे अपने परिवार से दूर कर इस विरान जंगल में अकेले भटकने के लिए छोड़ दिया। मित्र उस वक्त से लेकर आजतक मुझे सिर्फ इस बात की चिंता रहती है- क्या मैं कभी अपने महल लौट पाऊंगा? इतना कहते उस दैत्य की आंखे नम हो गई थी और वह जमीन पर बैठ गया था।

रूद्र ने उस दैत्य की व्यथा सुनने के बाद कहा- मित्र! आप परेशान न हो। मैं वचन देता हूँ कि मैं आपकी जिंदगी में एक बार पुनः खुशियां लाऊंगा। उसके उपरांत रूद्र सोच में पड़ गया कि आखिर वह इस मायावी नदी को पार कैसे करे?

तभी अचानक से रूद्र के दिमाग में एक युक्ति आई और उसने उस दैत्य से कहा– मित्र! यह सत्य है कि इस मायावी नदी को कोई भी जीव पार नहीं कर सकता किंतु क्या यह संभव है कि इस मायावी नदी को कोई निर्जिव वस्तु पार कर सके? रूद्र की बातों को सुनकर उस दैत्य ने कहा– मित्र! यह नदी सिर्फ किसी भी जीव को पार करने से रोक सकती है किंतु कोई भी निर्जिव वस्तु से इसे आसानी से पार कर सकता है लेकिन उसमें एक विडंबना यह है कि अगर किसी भी निर्जिव वस्तु को यहाँ से फेंका भी जाए तो भी वह पृथ्वी की गुरूत्वाकर्षण की वजह से नदी पार नहीं कर पाएगा। तब रूद्र ने अपनी पूरी युक्ति उस दैत्य को समझाई। रूद्र ने कहा– मित्र मैं तुम्हारा राज्य वापस दिलाने में तुम्हारी मदद करूंगा और तुम्हें वीरान जंगल से इस दुखी जीवन से मुक्ति दिलाऊंगा। रूद्र की बात सुनने के बाद दैत्य ने रूद्र से कहा– मित्र! मैं आपसे एक प्रश्न पूछना चाहता हूँ जो मुझे अंदर ही अंदर बेचैन कर रहा है कि मैं एक दैत्य हूँ और आप एक मनुष्य। फिर भी आप मुझ पर इतना विश्वास किस प्रकार कर रहे है? दैत्य की बात सुनकर रूद्र मुस्कुराने लगा और कहा– मित्र! मित्रता किसी योनि से बाध्य नहीं होती जब भगवान श्रीकृष्ण एक मनुष्य से मित्रता कर सकते है; जब बलशाली महाराज भीम का भी विवाह एक दैत्य स्त्री से हो सकता है और उनका दैत्यपुत्र हंसते धर्म की रक्षा हेतु अपने प्राणों की आहुति दे सकता है तो मैं आप पर विश्वास नहीं कर सकता? कोई भी जब महान् अपने योनि से नहीं अपने कर्म से बनता है। आपने दैत्य योनि में होते हुए भी लोगों का भला ही चाहा। और अपनी नेकी की वजह से आपने काफी तकलीफें ली है। अगर आप चाहते तब आप आसानी से अपने भाई के साथ मिलकर सुख और वैभव की जिंदगी

जी सकते है। लेकिन आपसे सदैव नीति और धर्म का साथ दिया इसलिए मैं आप पर विश्वास करता हूँ और अगर आपको मुझे नुकसान पहुंचाना होता तो मित्र आप मुझे रात्रि में भोजन के बाद भी नुकसान पहुंचा सकते थे।

रूद्र की बातें सुनने के बाद दैत्य दंभकुमार भाव-विभोर हो गया और उसने रूद्र को अपने गले से लगा लिया। दंभकुमार ने रूद्र से कहा- मित्र! मैं यह प्रण लेता हूं कि मैं आपका आजीवन मित्र रहूंगा और आपकी इस न्याय के युद्ध में सदैव आपके साथ कंधे से कंधा मिलाकर चलने का वचन लेता हूँ। दंभकुमार के निर्देशानुसार रूद्र ने अपने जादू की छड़ी से इशारा किया और एक सूक्ष्म मक्खी का रूप धारण कर दंभकुमार के वस्त्रों में जा छुपा और बोला तुम वापस जाने की गुहार लगाओं हो सकता है तुम्हें वह एक बार फिर मायानगर में प्रविष्ठ होने की अनुमति प्रदान करे। और जैसे ही तुम्हें मायानगर में प्रविष्ठ होने की अनुमति प्रदान होगी तब मैं भी एक सूक्ष्म रूप लेकर तुम्हारे साथ मायानगर में प्रवेश कर जाऊंगा और वहां पहुंचकर मैं उस दुष्ट दैत्य का वध कर दूंगा।

तत्पश्चात् उसका वध करते ही उसका राज्य तुम अपने कब्जे में ले लेना। एक बार राज्य पुनः तुम्हारे पास आ गया तो आप वहाँ के राजा होंगे और आप मेरी पैजनिया मुझे वापस कर सकेंगे। रूद्र की बातें सुनने के बाद उस दैत्य ने कहा- मित्र! मैं भी अपनी मातृभूमि को देखने के लिए तड़प रहा हूँ लेकिन अगर आप सफल नहीं हुए तो क्रूरदंभ मुझे मृत्युदंड दे देगा। लेकिन मित्र मेरे दिमाग में भी एक संशय चल रहा है कि मान लो अगर हम नगर में प्रविष्ट कर भी जाते है तो आप क्रूरदंभ को किस प्रकार पराजित कर पाओगे? क्योंकि उसको यह वरदान है कि उसकी मृत्यु उस वक्त तक संभव

नहीं है जबतक उसके गले में पड़ी माला को तोड़कर उस मायावी नदी में ना डाल दे और वरदान स्वरूप यह भी सत्य है कि जो व्यक्ति उसकी माला तोड़ेगा वह व्यक्ति कुछ पल के लिए अचेतावस्था में चला जाएगा।

दैत्य की बाते सुनने के बाद रूद्र ने का– मित्र! एकता में बहुत शक्ति है। मेरे पास कुछ जादुई शक्तियां है और आपके जैसा मित्र है तो मैं जिंदगी का कोई भी बाधा सशत्र पार कर सकता हूँ। हम दोनों मिलकर क्रूरद्रभ से युद्ध करेंगे। मैं अपनी जादुई रस्सी से क्रूरदंभ को बाँध दूंगा तथा यह मेरी जादुई तलवार क्रूरदंभ के सैनिकों को रोकने के लिए अकेली ही सक्षम है। उसी दौरान में क्रूरदंभ की माला उसके गले से निकालूंगा और मेरे मूर्छित होते ही आप वह माला मायावी नदी में विसर्जित कर देना और उसकी के साथ क्रूरदंभ के पापों का अंत हो जाएगा। रूद्र के छिपने के पश्चात् दंभकुमार ने क्रूरदंभ का आह्वान किया। दंभकुमार के आह्वान पर क्रूरदंभ एक दूत दंभकुमार के समीप आया और उसने आकर दंभकुमार से आह्वान का कारण पूछा।

दंभकुमार ने दूत से कहा– जाओ! कह दो अपने राजा से कि मैं एक बार मायानगर के राजा से मिलना चाहता हूँ तथा मैं भी महाराज क्रूरदंभ और मकरहंद की भांति इस सृष्टि पर दैत्यवंश का परचम संपूर्ण सृष्टि में फहराना चाहता हूँ। दूत ने जब यह सूचना क्रूरदंभ को दी तो क्रूरदंभ काफी प्रसन्न हुआ तथा उसने मायावी नदी को यह आदेश दिया कि वह दंभकुमार को मायावीनगर में प्रवेश करने की अनुमति प्रदान करे। लेकिन उसे यह भी आश्चर्य हुआ कि अचानक से दंभकुमार का हृदय परिवर्तन किस प्रकार हो सकता है? क्रूरदंभ ने दंभकुमार को अनुमति तो दे दी परंतु वह न चाहते हुए भी उस

पर विश्वास नहीं कर पा रहा था। वह इसी विचार-विमर्श में डूबा था कि आखिर वह दंभकुमार के साथ मिलकर एक नई मित्रता की शुरूआत करे या फिर पहले उसको परखे और बाद में उस पर भरोसा करे। लेकिर क्रूरदंभ ने फिर भी दंभकुमार से समझौता करते हेतु आगे बढ़कर उसका स्वागत किया क्योंकि वह जानता था कि दंभकुमार भी एक दैत्य है और इस वक्त जब दैत्य समाज अपने विजय का परचम तीनों लोकों पर फहराने के लिए अग्रसर था उस वक्त क्रूरदंभ को प्रत्येक दैत्य की आवश्यकता थी और वह यह भी जानता था कि दंभकुमार ने कुछ वर्षो तक इस राज्य पर राज किया था। अगर वह उसके साथ कुछ भी गलत करता है तो उसके राज्य में दैत्यों के बीच विद्रोह की भावना बढ़ सकती थी। अत: वह किसी भी कीमत में ऐसी स्थिति उत्पन्न नहीं होने देना चाहता था। इसलिए उसने यह निर्णय लिया कि अगर दंभकुमार राज्य में वापस आ जाता है तो उसके साथी उसे दंभकुमार और उसके विश्वसनीय सैनिकों की भी ताकत उसे मिल जाएगी और अगर दंभकुमार विद्रोह या युद्ध किसी गलत उद्देश्य से राज्य में प्रवेश होना चाहता है तो भी यहाँ पर उसकी मृत्यु निश्चित है।

क्रूरदंभ इसी उधेड़बुन में पड़ा था कि तभी राज्य के सैनिक ने उसे आकर सूचना दी- महाराज! दंभकुमार राज्य के अंदर प्रवेश करने की अनुमति मांग रहे हैं हमारे लिए क्या हुक्म है? क्रूरदंभ ने कहा- मैं दंभकुमार को राज्य में प्रवेश करने की अनुमति प्रदान करता हूँ लेकिन यह सुनिश्चित कर लिया जाए कि जब दंभकुमार राज्य में प्रवेश करे तब वह नि:शस्त्र और अकेला हो। और उसके बाद फिर क्रूरदंभ ने अपने गुप्तचरों को यह निर्देश दिया कि वे दंभकुमार की प्रत्येक गतिविधियों की सूचना उसे प्रदान करते रहे।

इधर दूसरी तरफ मायावी नदी में दंभकुमार के लिए प्रवेश द्वार खोल दिया था और रूद्र जो एक सूक्ष्म जीव का रूप लेकर दंभकुमार के साथ छुपा हुआ था वह भी राज्य में प्रवेश करने लगा।

जैसे ही दंभकुमार मायावीनगर के द्वार पर पहुंचा वहाँ का वातावरण अचानक बदलता गया। प्रवेश द्वार पर लगे सफेद पताका अचानक से लाल रंग में तब्दील हो गए। जो तभी संभव हो सकता है जब कोई बाहरी दुश्मन राज्य की बिना अनुमति से राज्य में प्रवेश करे। ध्वज के लाल रंग होते ही वहाँ के सैनिक सकते में आ गए और जब यह सूचना क्रूरदंभ को मिली तो वह भी क्रोधित हो उठा और उसने तुरंत अपने सैनिकों से दंभकुमार को कैद करके अपने सामने पेश करने का निर्देश दिया। क्रूरदंभ के निर्देशानुसार दंभकुमार को वहाँ के सैनिकों ने कैद कर लिया और उसे बेड़ियो में जकड़ कर क्रूरदंभ के समझ पेश किया। क्रूरदंभ ने दंभकुमार को देखते ही क्रोध में कहाँ- दंभकुमार! तुम्हारा यहाँ पर आने का क्या नियोजन है? यह मुझे नहीं पता पर यह सत्य ही कि जैसे ही तुमने राज्य में प्रवेश किया। ध्वज का रंग अचानक से बदलता गया। अतः तुम मुझे यहाँ पर आने का अपना प्रयोजन बताओ। जब राजा के लाख पूछने पर भी दंभकुमार ने अपना मुख नहीं खोला, तब क्रूरदंभ ने अपने सैनिकों को यह आदेश दिया कि तुरंत दंभकुमार को कालकोठरी में डाल दिया जाए और इस पर कड़ी नजर रखी जाए। इसके हर गतिविधियों की सूचना सुरक्षाकर्मी के पास होनी चाहिए। दो सैनिक सदैव दंभकुमार की गतिविधियों को देखने के लिए लगे रहेंगे। राजा का आदेश मिलने के बाद सैनिकों ने दंभकुमार को कालकोठरी में डाल दिया तथा कालकोठरी के बाहर दो सैनिक दंभकुमार को देखने के लिए बैठ गए।

रात्रि के समय भोजन के बाद दंभकुमार ने रूद्र से कहाँ- अब मैंने अपना कार्य कर दिया, इसके आगे की लड़ाई आपको स्वयं लड़नी होगी। रूद्र जो एक सूक्ष्म मक्खी के रूप में दंभकुमार के शरीर से चिपका हुआ था, बोला- ठीक है, मित्र! आप निश्चित रहें, मैं आपका गौरव और सम्मान आपको जल्द दिलाऊँगा और आप यहाँ के कालकोठरी में नहीं यहाँ के राजभवन में होंगे। इतना कहकर रूद्र मक्खी के रूप में ही वहाँ से अपनी पत्नी की तलाश में राजभवन में चला गया।

कैदखाने में वार्तालाप के बाद रूद्र रात के अंधेरे में एक सूक्ष्म मक्खी के रूप में अपनी पत्नी को ढूंढ़ने निकल पड़ा। कई कमरों के तालाशी के बाद जब उसे उसकी पत्नी नहीं मिली, तब वह काफी निराश हो गया। उसे कुछ समझ में नहीं आ रहा था कि आखिर इतने विशालकाय महल में प्रहरियों से बचते हुए वह अपनी पत्नी तक पहुंचे तो पहुंचे कैसे?

उसको ढूंढते-ढूंढते काफी समय बीत गया था और रात्रि का पहर भी अब भोर में तब्दील होने वाला था। तभी अचानक रूद्र की नजर एक कमरे पर पड़ी जोकि एक कालकोठरी के समान प्रतीत हो रहा था और उस कमरे से किसी स्त्री के सिसकियों की आवाज आ रही थी। रूद्र जब उस कमरे में पहुँचा, तो उसने देखा वह स्त्री कोई और नहीं बल्कि उसकी ही पत्नी थी। अपनी पत्नी को इस हालात में देखकर रूद्र को समझ में नहीं आ रहा था कि वह पत्नी के मिलने की खुशी मे खुश हो या उसकी बेबसी को देखकर क्रोधित हो? उधर प्रातःकाल का सूर्य भी धीरे-धीरे पृथ्वी पर अपना प्रकाश बिखरने लगा था। अतः रूद्र के पास ज्यादा समय नहीं बचा था। लेकिन रूद्र अपनी पत्नी को ऐसी हालत में नहीं छोड़ना चाहता

था। उसने अपनी पत्नी के आंचल पर अपने रक्त से लिखा– प्रिये! अब आपको ज्यादा दिनों तक यह कष्ट नहीं भोगना पड़ेगा, क्योंकि मैं आपका पति रूद्र आपको बचाने हेतु आ चुका हूँ। इतना लिखकर रूद्र वहाँ से एक सुरक्षित स्थान के लिए निकल पड़ा।

अगली सुबह मायानगर का राजमहल सर्वत्र लाल झंडो से फहरा रहा था। वहाँ के सारे श्वेत झंडे लाल रंग में तब्दील हो गए थे। जब यह खबर क्रूरदंभ तक पहुँची तो वह क्रोध से आग बबुला हो गया और यह सोचने लगा कि इतने प्रहरियों के बीच कोई बाहरी व्यक्ति उसके राजमहल में किस प्रकार प्रवेश कर सकता है? क्रोध में उसने तुरंत सैनिकों को आदेश दिया कि वे जल्द से जल्द उसके सामने दंभकुमार को पेश करे। राजा का आदेश सुनते ही प्रहरियों ने बिना एक पल गवाएं दंभकुमार को राजा के समक्ष पेश किया। दंभकुमार जब क्रूरदंभ के समीप पहुँचा, तब क्रूरदंभ ने क्रोध से उससे पूछा– दंभकुमार! जबसे तुमने इस राज्य में प्रवेश किया है। तब से हमारे राज्य की ध्वजाएँ लाल होने लगी हैं। यहां तक कि कल राजमहल के अंदर तक की भी ध्वजाएँ लाल हो गई थी। और यह तभी संभव है जब राज्य पर कोई बाहरी व्यक्ति राज्य को या उसके राजा को नुकसान पहुँचाने हेतु दिल में शत्रुता का भाव लेकर राज्य में प्रवेश करे। अतः कल से लेकर आज तक राज्य में घटित घटनाक्रम को देखते हुए यह तो साफ हो गया है कि तुमने राज्य में मित्रता के भाव से प्रवेश नहीं किया है, तुम्हारा उद्देश्य जरूर हमारा अहित करने का है। अतः मैं इस राज्य का राजा होते हुए तुम्हें मृत्युदण्ड का आदेश देता हूँ। एक बार मैंने तुम्हारे जीवन पर दया करके तुम्हें इस राज्य से बाहर जाने का आदेश दिया था लेकिन अब मैं ऐसी गलती दोबारा नहीं दोहराना चाहता। इसी बीच एक सैनिक भागता हुआ क्रूरदंभ के

समीप आया और उसने कहा–दैत्यराज, कल रात्रि में एक घटना और घटित हुई है। कल रात्रि में कोई बाहरी व्यक्ति राजमहल के तहखाने में जाकर कैदी स्त्री से मिला तथा उसके आँचल पर अपने रक्त से एक संदेश भी लिखा है।

यह सुनने के पश्चात् क्रूरदंभ और अधिक क्रोधित हो गया तथा उसने क्रोध में आकर दंभकुमार के ऊपर लातो से प्रहार किया। उसका प्रहार इतना तीव्र था कि दंभकुमार अपने आपको संभाल न सका और वह एक खिलौने की भांति धरती पर जा गिरा। इसके पश्चात क्रूरदंभ ने अपने सैनिकों को आदेश दिया कि अगर आधे घण्टे के अंदर दंभकुमार पिछली रात घटित घटनाओं के रहस्य के बारे में नही बताता है, तब उसको राज्य के बीचों बीच हाथी के द्वारा कुचलकर मृत्यु की सजा दी जाए। यह सुनते ही दंभकुमार काफी डर जाता है और वह धीरे से सुक्ष्म रूप धरे रूद्र को अपनी तरफ आने का इशारा करता है जो कि क्रूरदंभ के मस्तक पर सुशोभित ताज में छुपा हुआ था।

रूद्र सैनिकों और क्रूरदंभ की नजरों से बचता हुआ सूक्ष्म रूप में ही दंभकुमार के समीप पहुंचता है। तब दंभकुमार रूद्र से कहता है– मित्र अब मेरी जिंदगी अब तुम्हारे हाथ में है क्योंकि यह क्रूर राजा मुझे कुछ क्षणों में मृत्यु की नींद सुला देगा।

फिर कभी मैं स्वाधीनता का सुख नहीं भोग पाऊंगा। तब रूद्र दंभकुमार से कहता है– मित्र हमारे पास अब यही उत्तम समय है हम इस दुष्ट दैत्य को मारकर इस राज्य को शांति प्रदान करा सकते है लेकिन उससे पहले मुझे यह सुनिश्चित करना होगा कि मैं कारागार में बंद अपनी पत्नी और पैजनिया को किस प्रकार बचाऊं जिससे उनको कोई नुकसान न पहुंच सके। तब दंभकुमार ने रूद्र को

आश्वासित किया कि यह राज्य मायावी गुणों से परिपूर्ण है अतः आपकी पत्नी का तहखाना सिर्फ इस राज्य का राजा ही खोल सकता है और कोई नहीं। जैसे ही इस दैत्य के मृत्यु के पश्चात् मैं राजगद्दी पर बैठूंगा तो आपकी समस्याओं का समाधान कर दूंगा और कहा कि इस समय राजा कुछ ही सैनिकों के साथ है जिस पर हम आसानी से प्रहार कर सकते है और यदि राजा एक बार इस दरबार से बाहर निकल गया तब वह और अधिक सैनिकों के बीच होगा जहाँ शायद इसका अंत कठिन हो।

इतना सुनने के बाद रूद्र ने दंभकुमार से कहा– मित्र जिस प्रकार आप जानते है क्रूरदंभ का अंत आसानी से नहीं किया जा सकता, इसकी मृत्यु उसके गले में पड़ी माली विसर्जित करके ही संभव है और प्रहार करने वाला व्यक्ति उतने ही समय तक अचेत रहेगा इसलिए इस दैत्य पर प्रहार करने से पहले हमें अपनी योजना पर पुनः विचार कर लेना चाहिए।

तब रूद्र ने कहा– मेरे पास एक युक्ति है जिससे हम दोनों मिलकर दैत्य को नरक का द्वार दिखा सकते है। उसने कहा कि मैं क्रूरदंभ को युद्ध के लिए ललकारूंगा तक मैं रस्सी को आदेश दूंगा कि रस्सी सारे दरवाजों को बांध दे जिससे सैनिक अंदर न आ सके तत्पश्चात् मैं तलवार को आदेश दूंगा के वह समस्त सैनिकों को खत्म करे जिससे वह सैनिकों को युद्ध पर प्रहार रखेगा। इसी बीच में क्रूरदंभ पर प्रहार करूंगा। तत्पश्चात् दंमकुमार ने कहा कि क्रूरदंभ मायावी दैत्य होने के साथ एक कुशल योद्धा भी है जिससे किसी भी मानव का लड़ना असंभव है।

वह तुम्हें कुछ पलों में ही परास्त करके हमारी योजना विफल हो सकती है।

तब रूद्र ने उत्तर दिया कि मित्र यह सच है कि मैं प्रत्यक्ष रूप से युद्ध नहीं कर सकता परंतु तुम एक दैत्य होने के नाते उसे कुछ पल रोक सकते हो इस दौरान मैं मायावी की सहायता से तुम्हें असीम शक्ति प्रदान करूंगा जिसकी सहायता से तुम कुछ पल के लिए उस पर भारी पड़ोगे उसी दौरान तुम उसके गले मे पड़ी माना निकाल लोगे तभी वह माला लेकर मैं जादुई घोड़े की सहायता से महल के बाहर निकल नदी में विसर्जित कर दूंगा।

यह सुनने के पश्चात् दंभकुमार ने रूद्र से कहां कि यह योजना यकीनन लाजवाब है और हम फलस्वरूप सफल भी होंगे। परंतु माला निकालते ही मैं अचेत हो गया तो वह आसानी से मुझे मृत्युनिद्रा में ला देगा तब राज्य में कोई राजा ने होने पर महल जलमग्न हो जाएगा और राज्य में निवास कर रहे समस्त जीव मृत्यु को प्राप्त हो जाएंगे।

दंभकुमार की बातों को सुनने के पश्चात् रूद्र ने दंभकुमार को आश्वसत कराते हुए कहां कि मित्र आज अपने प्राणों की चिंता न करें क्योंकि जिस वक्त आप आचेत अवस्था में होंगे उस वक्त मेरी जादुई तलवार आपके प्राणों की भी रक्षा करेगी और आधे घंटे तक क्रूरदंभ या अन्य सैनिक आपके समीप नहीं आ पाएगा।

दंभकुमार यह सुनने के पश्चात् बोला– मित्र फिर नेक काम को हम अभी से शुरू कर देते हैं।

उसके बाद रूद्र ने योजना स्वरूप अपनी मायावी रस्सी और तलवार दंभकुमार को देते हुए कहा– हे मित्र! जैसी हमने योजना बनाई है आज उसी प्रकार इस योजना का अनुसरण करेंगे तथा दैत्यराज क्रूरदंभ को युद्ध के लिए चुनौती दे।

यह सुनने के पश्चात् दंभकुमार अचानक से उठा और उसने क्रूरदंभ से कहा– हे दुष्ट! मैं तुझे युद्ध की चुनौती देता हूँ क्योंकि आज मृत्यु का स्वाद मुझे नहीं तुझे चखना है, अगर हिम्मत है तो मुझे इन बेड़ियों से आजाद कर और मेरे साथ युद्ध की चुनौती स्वीकार कर।

दंभकुमार की चुनौती सुनने के पश्चात् क्रूरदंभ ने कहा– मैं कैदियो से युद्ध नही करता और अगर हिम्मत है तो पहले तुम मेरी कैद से आजाद होकर दिखाओ उसके उपरांत मैं अवश्य ही तुमसे युद्ध कर के परास्त करूँगा।

यह सुनने के पश्चात् दंभकुमार ने उपने नेत्र बंद किये और अचानक से उसके हाथों में जादुई रस्सी और तलवार प्रकट हो गए। दंभकुमार ने रस्सी को आदेश दिया कि वह राजदरबार के अंदर और बाहर जाने वाले सारे द्वार को बंद कर दे ताकि अंदर से कोई बाहर न आ सके ना जा सके तथा यही पर उपस्थित मेरे सारे शत्रुओं को भी बंधक बना ले।

आदेश मिलते ही मायावी रस्सी कई हिस्सों में बंट गई और उसने राजदरबार में सारे आने जाने वाले रास्ते बंद कर दिए और समस्त सैनिकों और क्रूरदंभ को बांध दिया। इस प्रकार अचानक हुए प्रहार के लिए ना क्रूरदंभ तैयार था ना उसके सैनिक उसके पश्चात् जादुई तलवार को आदेश दिया कि तलवार उसे तुरंत बेड़ियों से मुक्त करे । उसका इशारा पाते ही तलवार ने दंभकुमार को बेड़ियों से मुक्त कर दिया।

उसके पश्चात् राजदरबार की स्थिति पूर्ण रूप से बदल चुकी थी क्योंकि क्रूरदंभ अभी तक यह समझ नहीं पा रहा था कि अचानक हुए इस प्रहार से कैसे बचे क्योंकि बाजी पलट चुकी थी।

यह देखने के पश्चात् क्रूरंदभ एक विशाल सांप के रूप में बदल गया। उसके उपरांत एक विध्वंसक युद्ध प्रारंभ हुआ दंभकुमार और क्रूरदंभ के बीच।

क्रूरदंभ अपनी मायावी शक्तियों के दम पर नये-नये रूप धरण करता और दंभकुमार और रूद्र के ऊपर प्रहार करता। उनका यह युद्ध काफी समय तक चलता रहा लेकिन रूद्र और दंभकुमार दोनों मिलकर भी क्रूरदंभ को परास्त नही कर पा रहे थे।

तब दंभकुमार ने रूद्र से कहां- मित्र इस प्रकार तो हम पहर तक युद्ध करते रह जाएंगे और क्रूरदंभ को कभी परास्त नहीं कर पाएंगे।

रूद्र ने दंभकुमार से कहा- मित्र कोई तो ऐसा उपाय होगा जिससे कुछ पल के लिए ही सही हम क्रूरदंभ को कमजोर कर सकें।

दंभकुमार ने रूद्र से कहां- मित्र क्रूरदंभ अपनी सभी मायावी शक्तियों की वजह से ही ताकतवर है और यदि कुछ पलों के लिए हम उसको बाध्य कर दें कि वह अपनी मायावी शक्तियों का उपयोग न कर पाए तो हम उस पर विजय प्राप्त कर सकें।

तब रूद्र कहता है- मित्र क्या कोई ऐसा उपाय है कि हम कुछ पल के लिए क्रूरदंभ को उसकी मायावी शक्तियो से वंचित कर सकें।

तब दंभकुमार ने कहा- यदि किसी प्रकार क्रूरदंभ के शीश पर प्रहार किया जाए तो उस प्रहार के फलस्वरूप कुछ पल के लिए क्रूरदंभ अपना ध्यान केंन्द्रित नहीं कर पाएगा और मायावी शक्तियों का उपयोग नही कर पाएगा। यही वो पल होगा जिससे हम उसके गले से माला निकाल सकते हैं और मृत्युतट तक पहुँचा सकते हैं।

यह सुनने के पश्चात् रूद्र ने अपनी जादुई छड़ी को आदेश दिया कि वह गदा का रूप लेकर क्रूरदंभ के शीश पर प्रहार करे।

आदेश सुनते ही छड़ी गदा का रूप ले चुकी थी जो वह सीधे जाकर क्रूरदंभ के शीश पर प्रहार करने लगी।

गदा के द्वारा अचानक हुए प्रहार के लिए क्रूरदंभ तैयार नहीं था। वह प्रहार इतना तीव्र था कि क्रूरदंभ खुद को संभाल न सका और ज़मीन पर जा गिरा।

उसके ज़मीन पर गिरते ही दंभकुमार ने एक जोरदार प्रहार किया। जिससे क्रूरदंभ और कमजोर पड़ गया।

उस प्रहार के उपरांत ही दंभकुमार ने क्रूरदंभ के गले में पड़ी माला निकाल दी और इससे पहले वह अचेत अवस्था में चला जाता, वह माला रूद्र की तरफ उछाल दी।

रूद्र ने तुरंत वह माला लपक कर पकड़ ली और अपनी जादुई छड़ी की मदद से पंछी के रूप में आया। और पंछी रूपी रूद्र बिना समय गवाए माला लेकर मायावी नदी की तरफ उड़ गया। उधर दूसरी तरफ दंभकुमार धीरे–धीरे अचेत अवस्था में जाने लगा और क्रूरदंभ गले की माला निकालने से बौखला गया और जैसे ही उसने दंभकुमार की ओर प्रहार करने का प्रयास किया, दंभकुमार के प्राणों की रक्षा हेतु जादुई तलवार प्रकट हुई।

दूसरी तरफ क्रूरदंभ शीश पर पड़े प्रहार और गले की माला उतरने के कारण ध्यान केन्द्रित नहीं कर पा रहा था। और जब तक ध्यान केन्द्रित न हो, वह मायावी शक्तियों का उपयोग करने में असभ्य था।

वहीं कुछ पल उड़ने के पश्चात् रूद्र मायावी नदी के किनारे था जहाँ उसने पहुँचने के पश्चात् अपने मानव रूप को धारण किया और समय व्यर्थ किए बिना माला नदी में तोड़ कर बिखेर दी।

माला नदी में पड़ते ही नदी के अंदर समा गई और दूसरी तरफ क्रूरदंभ का शरीर भी जल का रूप लेने लगा क्रूरदंभ की मृत्यु के पश्चात् दंभकुमार ने राहत की सांस ली तथा राजमहल के सारे दरवाजे स्वतः ही खुल गये।

इधर रूद्र भी वापस दंभकुमार के पास आ गया था। उसके पश्चात् अब मायावी नगर की राज गद्दी पर वापस दंभकुमार आसीन हुआ। दंभकुमार के राजा बनते ही मायावी नगर एक नए उत्साह और जोश से भर गया था। क्योंकि काफी अंतराल के पश्चात् मायावी नगर को एक नेक दिल और प्रजा की भावनाओं को समझने वाला राजा मिला था। राजा बनते ही दंभकुमार ने सर्वप्रथम रूद्र को गले लगाया तथा अपने वचन अनुसार उसने रूद्र को उसकी अमानत पैजनिया सौंप दी तथा उसकी पत्नी को पूरे राज सम्मान के साथ रूद्र के पास भेजा।

रूद्र अपनी पत्नी और पैजनिया को पाकर अत्यंत प्रसन्न हुआ। दंभकुमार ने रूद्र से कहा– मित्र मैंने तो अपने राज्य और जीवन की उम्मीद छोड़ दी थी। लेकिन आप मेरे लिए एक देवदूत बनकर आए और मेरा सम्मान मुझे वापस कराया। अगर जीवन में कभी आपको मेरी सेवी की आवश्यकता पड़े तो निःसंकोच होकर आप एक बार मुझको याद अवश्य करें। आपसे एक विनती है– आप कुछ दिन के लिए मुझे अपनी मेहमान नवाज़ी का अवसर दे ताकि मैं कुछ पल अपने मित्र की सेवा कर सकूँ।

रूद्र ने कहा– हे मित्र! यह मेरा सौभाग्य होगा कि मैं कुछ क्षण आपके पास रूक जाऊँ, परंतु मुझे खेद है कि मैं अब यहाँ और वक्त व्यतीत नहीं कर सकता मुझे काफी समय हो गया अपने परिवार से मिले हुए नाजाने वह लोग किस दशा में होंगे?

उसके उपरांत रूद्र ने दंभकुमार से विदा लिया और अपनी पत्नी और पैजनिया के साथ मायावी नगर से प्रस्थान किया। महल से निकलने के पश्चात् रूद्र ने पैजनिया से कहा– हे पैजनिया! अतिशीघ्र मुझे मेरी माँ के पास पहुँचा दे, रूद्र का आदेश सुनने के पश्चात् पैजनिया ने एक सुन्दर कालीन का रूप ले लिया और उस कालीन पर बैठकर रूद्र अपने गंतव्य स्थान की ओर बढ़ने लगा। रास्ते में रूद्र की पत्नी ने कहा– स्वामी! मुझे कुछ समझ नहीं आ रहा, कि यह सब हम लोगों के साथ क्यों घटित हो रहा है? आपके घर से जाने के पश्चात् वह दैत्य आपकी तलाश में हमारे घर आया और आपके न मिलने पर मुझे बन्दी बना लिया। रूद्र के पास भी इन प्रश्नों का कोई उत्तर नहीं था। उसने कहा– प्रिये! इस समय मेरे पास तुम्हारे प्रश्नों के उत्तर नहीं है, परंतु उम्मीद करता हूँ कि जल्द ही मैं आपके प्रश्नों का उत्तर दे पाऊँगा। कुछ समय चलने के उपरांत उनका मायावी कालीन रूद्र के घर पर पहुँच गया था। घर पहुँचने पर माँ से मिलने के उपरांत रूद्र ने भी प्रसन्न हुई माँ से यही प्रश्न पूछा जो उससे उसकी पत्नी ने पूछा था।

रूद्र की माँ ने रूद्र से कहा– बेटा! यह सभी घटनाएं घटित होना खानदान की नियती है। क्योंकि देवताओं ने हमारे वंश को ही यह जिम्मेदारी सौंपी है कि हम पृथ्वी पर धर्म और सत्य की रक्षा कर सकें। उसके बाद रूद्र की माँ ने रूद्र को सारी सच्चाई से अवगत कराया कि वह कौन है तथा आसके उद्देश्य क्या है? माता की बातें

सुनने के पश्चात् रूद्र ने कहा- हे माते! मैं अपने धर्म का निर्वाह करूँगा और यह वचन देता हूँ कि मैं पृथ्वी पर एक बार पुनः सत्य और धर्म का निर्वाह करूँगा। इसके पश्चात् उसकी माँ ने कहा- बेटे इसकी शुरूआत तुम्हें अपने राज्य से शुरू करनी होगी। इसके उपरांत रूद्र अपने परिवार के साथ अपने राज्य की तरफ निकल गया। नदी किनारे पहुँचते ही रूद्र की माँ ने कहां रूको पुत्र! यहाँ पर कोई तुम्हारा वर्षों से इन्तजार कर रहा है। उसके बाद रूद्र की माँ ने एक जगह पर इशारा करके कहा- कि बेटे! इस जगह पर अपनी कानी अंगुली का रक्त गिराओ, माँ के आदेशनुसार रूद्र ने चाकू के अपनी कानी अंगुली पर एक प्रहार किया, जिससे उसकी अंगुली से रक्त की कुछ बूंदे उस ज़मीन पर गिरी, उन रक्तों के गिरने के पश्चात् वहां पर एक सफेद रंग का खूबसूरत घोड़ा प्रकट हुआ। घोड़े को देखकर रानी अत्यंत प्रसन्न हुई और रानी उससे लिपट कर रोने लगी। रूद्र ने मां से पूछा- माँ अचानक आपको यह क्या हो गया तब माँ ने कहा बेटा यही वह देवदूत है जिसकी वजह से आज हम लोग सही सलामत हैं। उसके उपरांत उस घोड़े ने रूद्र से कहा- महाराज यह वक्त शोक का नहीं युद्ध का है। ईवादेव की राजगद्दी वर्षों से आपकी प्रतिक्षा कर रही है। तब रूद्र ने कहा-कि अब हमारे राज्य ईवादेव को अधिक समय तक अपने उत्तराधिकारी की प्रतिक्षा नहीं करनी होगी। इसी क्षण हम ईवादेव राज्य पर आक्रमण करेंगे तथा ईवादेव को स्वतंत्र कराएंगे।

तब उस दिव्य घोड़े ने कहा- पुत्र ईवादेव राज्य उस वक्त तक स्वतंत्र नहीं हो सकता जब तक वह मकरहंद के कब्जे में है और उसकी मृत्यु सिर्फ सम्राट सहदेव जो पांडवों के भाई थे, उनकी ही तलवार से हो सकता है क्योंकि द्वापर युग में सिर्फ पांच ऐसे वीर

थे जिनको देवताओं ने असीम शक्तियां और वरदान प्रदान किये थे।

सम्राट् सहदेव की तलवार में ही वह अद्‌मय शक्ति है जिससे उस दैत्य का वध संभव है, किन्तु उस तलवार तक पहुंचना हमारे लिए अत्यंत कठिन होगा क्योंकि जब पांडव सशरीर इस पृथ्वी को छोड़कर स्वर्ग की ओर प्रस्थान कर रहे थे उस समय उन्होंने अपने अस्त्र व शस्त्र त्याग दिये थे और उनके अस्त्रों की रक्षा की जिम्मेदारी स्वयं सप्तऋषियों ने उठाई थी। उस समय दैत्यागुरू शुक्राचार्य, जो स्वयं एक सप्तऋषि थे वह जानते थे कि जब तक सम्राट् सहदेव की तलवार किसी गुप्त स्थान पर न रखी जाये, तब तक दैत्यों का भविष्य अंधकारमय होगा। तद्यपि उन्होंने दैत्यों के भविष्य को उज्जवल बनाने हेतु उनकी तलवार को एक गुप्त स्थान पर छुपा दिया। और उस स्थान की सुरक्षा की जिम्मेदारी कालिया सर्प को सौंपी, जिसे द्वापर युग में भगवान श्री कृष्ण ने दंडित किया था। अगर हम किसी प्रकार उस सुरक्षित स्थान का पता लगा भी लें, जहां पर दैत्य गुरू शुक्राचार्य ने सम्राट् सहदेव की तलवार को सुरक्षित रखा हो, तब भी हम उस स्थान से तलवार बाहर नहीं ला सकेंगे क्योंकि उस स्थान की सुरक्षा का भार स्वयं सर्पराज कालिया के कंधों पर है जिनका विष सिर्फ त्रिदेव ही सहन कर सकते हैं।

घोड़े से वार्तालाप के पश्चात् रूद्र ने कहा– हे मित्र! यह कार्य कितना ही जोखिम भरा क्यों न हो, हमें यह जोखिम उठाना पड़ेगा। उसके उपरांत रूद्र ने पेजनिया को हाथ में लेकर पूछा– मित्र पैजनिया अब तुम ही हमें उस स्थान का पता बताओं जहाँ हमें सम्राट् सहदेव की वह अद्‌भूत तलवार मिल सके। रूद्र की बातें सुनने के पश्चात् पैजनिया ने रूद्र के सामने एक विशालकाय शीशा खड़ा कर दिया, तथा पैजनिया से आवाज आयी– राजकुमार यह एक

जादुई दर्पण है जो आपके सम्पूर्ण प्रश्नों का उत्तर देने में सक्षम है तथा यह आपको वह स्थान दिखा देगा जहाँ से आपको आपकी तलवार प्राप्त हो सके।

उसके उपरांत रूद्र ने उस चमत्कारी दर्पण से वही प्रश्न पूछा जो उसने पैजनिया से पूछा था। रूद्र के प्रश्न पूछने के पश्चात् ही उस जादुई दर्पण में मायानगर राज्य दिखने लगा जो दैत्यनगरी थी और वह चट्टान जहाँ पर शुक्राचार्य ने उस तलवार को छिपा रखा था वह मायानगर के बीचों बीच में था।

उस स्थान को देखने के पश्चात् घोड़े ने रूद्र से कहा– हे राजकुमार! अब यह हमारे लिए और कठिन हो गया है क्योंकि मायानगर दैत्यों का राज्य है जहाँ बिना उनकी अनुमति से कोई प्रवेश नहीं कर सकता। अतः इसलिए संभव है कि देवगुरू शुक्राचार्य ने इस स्थान का चुनाव किया था। तब रूद्र ने उस अश्व से कहा– हे मित्र! नियति से बड़ा ताकतवर इस सृष्टि में कोई नहीं होता। नियति यह जानती थी इसलिए उसने मेरी मित्रता दैत्यराज दंभकुमार से कराई जिससे हम आसानी से इस स्थान तक पहुंच सकें। इसके उपरांत रूद्र ने अपनी माँ और पत्नी से कहा– "आप मुझे मायावी नगर जाने की आज्ञा प्रदान करें, जहां से मैं सम्राट् सहदेव की तलवार ला सकूँ। अब वह समय ज्यादा दूर नहीं जब आप अपना सम्मान एक बार पुनः प्राप्त कर सकेंगी।" माँ से आज्ञा लेने के पश्चात् रूद्र ने उस अश्व को निर्देश दिया कि मित्र जब तक मैं वह तलवार लेकर वापस नहीं आता तब तक आप मेरी माँ और पत्नी का ध्यान रखना।

इसके उपरांत रूद्र ने पैजनिया से कहा– हे पैजनिया! मुझे जल्द से जल्द मायावी नगर राज्य की ओर ले चलो। जाने से पूर्व रूद्र ने

अपनी मायावी तलवार अपनी पत्नी को सौंप दी और कहा कि– जब तक मैं वापस नहीं लौटता यह तलवार आपकी सुरक्षा करेगी। किसी आशंका या असुरक्षा का आभास होने पर आप लोग इस तलवार को अपनी सुरक्षा हेतु आदेश देना, यह निहत्ते ही आप सबकी सुरक्षा हेतु सक्षम है।

इसके उपरांत रूद्र पैजनिया से निकले कालीन पर बैठ गया तथा मायावी राज्य की ओर बढ़ चला।

कुछ पल के पश्चात् ही रूद्र मायावी नगर के किनारे पहुँच गया, यद्यपि इस बार उसे प्रवेश करने हेतु ज्यादा मुश्किलों का सामना नहीं करना पड़ा।

जैसे ही दैत्यराज दंभकुमार को रूद्र के आने की सूचना मिली, उसी पल वह स्वयं ही रूद्र के स्वागत हेतु मायावी नदी के किनारे आ पहुँचा। रूद्र को देखकर दैत्यराज दंभकुमार काफी उत्साहित हुए और उसे अपने आलिंगन में भर लिया।

रूद्र वीर पुनः अपने मित्र से मिलकर अत्यंत प्रसन्न था। तत्पश्चात् रूद्र दंभकुमार के साथ ही राजभवन में प्रवेश किया।

राजभवन में प्रवेश करने के पश्चात् दंभकुमार ने रूद्र से कहा–मित्र आपको देखकर मैं अत्यधिक प्रसन्न हूँ, लेकिन मैं यह भी जानता हूँ कि आप किसी बड़े उद्देश्य को पूरा करने यहां से गये थे, अतः आप यहां आने के संयोजन स्पष्ट करे, तो संभवतः मैं आपकी सहायता कर सकूं।

तब रूद्र ने दंभकुमार को सहदेव की तलवार का वर्णन किया और उस स्थान के बारे में पूछा जहां दैत्यगुरू शुक्राचार्य ने सम्राट

सहदेव की तलवार सर्पराज कालिया के नेतृत्व में सुरक्षित कर रखा था।

रूद्र से बात करने के पश्चात् दंभकुमार ने रूद्र से कहा– हे मित्र! जिस प्रकार त्रेतायुग में भगवान राम की सहायता दैत्यराज विभीषण ने की थी, उसी प्रकार मैं भी अपना मित्र धर्म निभाऊंगा और आपकी मदद करूंगा। लेकिन मैं सिर्फ आपको उस स्थान पर लेकर जा सकता हूँ, जहाँ तलवार गुरू शुक्राचार्य ने सुरक्षित रखी है परंतु उस तलवार तक आपको अकेले ही जाना होगा, क्योंकि हम में इतना सामर्थ्य नहीं है कि हम सर्पराज कालिया का सामना कर सकें।

रूद्र ने दंभकुमार से कहा– हे मित्र! क्या कोई ऐसा उपाय है जिससे हम सर्पराज कालिया के विष से खुद को बचा सकें।

तब दंभकुमार से कहा– हे मित्र! सर्पराज के विष से वही बच सकता है जिसके पास देवार्मत हो, क्योंकि भगवान् श्री कृष्ण ने भी कालिया को परास्त उसी देव अर्मत के बल पर किया था। अन्यथा कोई भी जीव, दानव या मानव उसके विष के प्रभाव से नहीं बच पाया है। तब रूद्र ने दंमकुमार से पूछा कि यह देव अर्मित किस प्रकार प्राप्त किया जा सकता है, या देव अर्मत किस प्रकार प्राप्त किया जा सकता है, या देव अर्मितधारी व्यक्ति की पहचान किस प्रकार की जा सकती है। तब दंभकुमार ने बताया कि देव अर्मितध ारी वह व्यक्ति हो सकता है जिसके अंदर यह समर्थन हो कि किसी भी मृत व्यक्ति को जीवन दान दे सके, जिस प्रकार भगवान श्री कृष्ण ने वीर अभिमन्यु के पुत्र परिक्षित को जीवन दिया था, जब वह अपनी माँ के गर्भ में थे और उन्हें अस्वस्थामा के ब्रह्मास्त्र का

सामना करना पड़ा था, जिसके पश्चात् उनकी मृत्यु गर्भ में ही हो गयी थी।

उस वक्त भगवान श्री कृष्ण ने एक बार पुन+ गर्भ में ही परिक्षित को वापस जीवित किया था। उसके पश्चात् अभी तक दैत्यागुरू शुक्राचार्य के अलावा हमने कोई ऐसा जीव नहीं देखा जिसके पास देव अमृत हो और वह किसी मनुष्य को जीवन दान दे सके।

तब रूद्र ने दंभकुमार से कहा– कि मित्र अभी कुछ छण पहले मैंने भी अपने रक्त से एक जीव को जीवित किया है। क्या पता देवताओं ने मुझे इसी पल के लिए यह वर्णन दिया हो अतः आप मुझे शीघ्र–अतिशीघ्र उस स्थान पर ले चले जहां मैं वो तलवार प्राप्त कर सकूँ।

दूसरी तरफ जब दैत्यराज मकरहंद को इस बात का पता चला कि रूद्र सम्राट सहदेव की तलवार प्राप्त करने हेतु, मायानगर में प्रवेश कर चुका है तो वह भी काफी क्रोधित हो गया। और उसने काफी विशाल सेना के साथ मायावी नगर राज्य पर आक्रमण कर दिया। और उसने अपने सैनिकों को निर्देश दिया कि रूद्र की पत्नी और माता को जल्द से जल्द गिरफ्तार करे और उसके समक्ष पेश करे। क्योंकि मकरहंद यह जानता था कि कभी न कभी उसे उन लोगों की आवश्यकता पड़ सकती है।

जब दैत्यराज मकरहंद के सैनिक रूद्र की माता और पत्नी को अपनी गिरफ्त में लेने निकले तब उस वक्त उन लोगों ने कभी यह नहीं सोचा होगा कि उनका सामना ऐसी परिस्थिति से होगा जहाँ उन्हें दाँतों तले लोहे के चने चबाने पड़ सकते हैं।

दैत्यराज मकरहंद ने भी उन दोनों स्त्रियों को कमज़ोर एवं अबला ही समझा था शायद इसी वजह से उसने मात्र कुछ सैनिकों की टुकड़ियां उन्हें गिरफ्तार करने भेजी थी।

जब सैनिकों की टुकड़ियाँ वहां पर पहुँची तो दैत्य सैनिकों को देखते ही घोड़े ने रूद्र की माता से कहा कि यह सैनिक दैत्यराज मकरहंद के हैं अतः अब वक्त आ गया है कि आप इस जादुई तलवार को आदेश दे कि वह इन सैनिकों का सामना करे तथा उसी छण में आपको और महारानी को एक सुरक्षित स्थान पर ले जा सकूँ। रानी ने बिना एक पल गवाएँ उस तलवार को आदेश दिया कि वह उनकी रक्षा करे। आदेश पाते ही वह तलवार कई भागों में बंट गया और सैनिकों पर टूट पड़ी। ठीक उसी छण वह घोड़ा रूद्र की माँ और पत्नी को लेकर एक सुरक्षित व गुप्त स्थान की ओर ले चला।

अश्व यह जानता था कि वह ज्यादा समय तक दैत्यराज मकरहंद से रानी और उनकी पुत्रवधू को सुरक्षित नहीं रख सकता क्योंकि पृथ्वी पर उस समय शायद ही कोई ऐसी जगह हो जहां मकरहंद का राज्य न हो। अतः वह उन लोगों को लेकर उसी जंगल की ओर बढ़ चला जहां दैत्यराज मकरहंद ने धोखे से महाराज उत्तम कुमार की हत्या की थी।

वह जानता था कि एक पल के लिए तो यह क्षेत्र भी सुरक्षित नहीं है परंतु जंगल होने की वजह से वह कुछ समय तक उन्हें दैत्यराज की पहुंच से बचा सकेगा।

वही दूसरी ओर मायानगर में रूद्र ने अपनी यात्रा प्रारंभ कर दी ताकि वह जल्द से जल्द उस स्थान से सम्राट् सहदेव की तलवार प्राप्त कर सके।

रूद्र के यात्रा आरंभ करने से पूर्व दंभकुमार ने रूद्र से कहा था– मित्र! वैसे तो आपके हाथ में देव अमृत है तब तक आप सर्पराज कालिया के विष से सुरक्षित हैं किन्तु सर्पराज कालिया एक अत्यंत महान् योद्धा और मायावी सर्प है जिसकी नजर से तुम्हें सदैव बचकर रहना होगा क्योंकि अगर एक बार भी तुम उसकी नज़र में आ गये तो संभवतः उसके वार से तुम्हें कोई न बचा सके। संध्या 7 बजे से रात्रि 9 बजे का पहर ऐसा होता है जब वह विश्राम कर रहा होता है उस समय उसके सैनिक सर्प तलवार की सुरक्षा कर रहे होते है। यही वह उचित समय होगा जब तुम तलवार प्राप्त कर सको।

कुछ समय पश्चात् ही रूद्र उस पहाड़ी के समक्ष था जहां वह तलवार सुरक्षित रखी गयी थी।

इधर दूसरी ओर दैत्यराज मकरहंद को जब यह ज्ञात हुआ कि उसके सैनिक रूद्र की माँ एवं पत्नी को पकड़ने में असफल रहे हैं तो वह क्रोध से आग बबूला हो गया क्रोध में आकर उसने अपने सेनापति को यह आदेश दिया कि वह जल्द से जल्द तैयारी करें और वहीं पर रूद्र को खत्म कर दें। जब से श्रृष्टी का निर्माण हुआ था, यह शायद पहली बार हुआ होगा कि दैत्य समाज आपस में युद्ध के लिए एक दूसरे के सामने खड़े हों।

इधर दूसरी तरफ रूद्र उस तलवार को पाने हेतु जी जान से लगा हुआ था। उसने जितनी आसानी से उस तलवार की खोज की थी शायद अब उसको पाने उसके लिए उतना ही कठिन हो गया था। जब रूद्र ने उस गुफा में प्रवेश किया उस वक्त गुफा के अंदर का दृश्य देखकर रूद्र की आंखें फटी की फटी रह गयी, गुफा के अंदर चारों तरफ विषैले सर्पों का पहरा था। और वह सर्प इतने अत्यधिक

तादात में थे, कि उनसे बचकर अंदर प्रवेश करना किसी भी जीव के लिए नामुमकिन था।

उस गुफा में ऐसा प्रतीत हो रहा था जैसे रूद्र किसी सीधे नाग लोक में आ गया हो। रूद्र के काफी प्रयास करने के बावजूद भी जब वह गुफा में प्रवेश करने में असफल रहा तब थककर उसने पैजनिया से तलवार तक पहुंचने का रास्ता पूछा। रूद्र के प्रश्न करने के पश्चात् ही पैजनिया से पुनः वही जादुई शीशा प्रकट हुआ। उस शीशे ने रूद्र को बतलाया की वह अपने जादुई रस्सी के सहारे उस तलवार तक पहुंच सकता है अगर वह रस्सी का एक सिरा पकड़कर गुफा के बाहर हो जाये और जादुई रस्सी को वह आदेश दे कि उसका दूसरा सिरा गुफा में मौजूद तलवार को बांधकर उसके पास ले आए।

रूद्र को शीशे की दी हुई युक्ति काफी अच्छी लगी और उसने ठीक उसी प्रकार रस्सी के एक सिरे को पकड़कर यह आदेश दिया कि उसका दूसरा सिरा जादुई तलवार को बांधकर उसके समक्ष पेश करे। रूद्र के आदेश को सुनने के कुछ समय पश्चात् ही वह तिलस्मी तलवार रूद्र के समीप थी। रूद्र उस तलवार को पाकर काफी प्रसन्न हुआ, इधर दूसर तरफ मकरहंद की सेना ने चारों तरफ से मायानगर राज्य को घेर लिया था। मकरहंद के मायावी शक्तियों के आगे मायावी नदी को भी झुकना पड़ गया था।

इधर दूसरी तरफ मायावी नगर के राजा दंभकुमार ने भी रूद्र के लिए पूर्ण रूप से कमर कस ली लेकिन सैन्य ताकत और अस्त्र-शस्त्र की संख्या में इनकी ताकत मकरहंद के सामने काफी कम थी।

मकरहंद और दंभकुमार के बीच घनघोर युद्ध छिड़ गया था। दंभकुमार और उसके सैनिक मकरहंद की सेना पर इस प्रकार टूट

पड़े जैसे कोई बाज अपने शिकार पर टूट पड़ता है। इधर दूसरी तरफ रूद्र जल तलवार लेकर दंभकुमार से मिलने आया तब वहाँ की स्थिति पूर्ण से बदल चुकी थी। मकरहंद के सैनिक दंभकुमार की सेना को युद्ध क्षेत्र में रौंदते हुए आगे बढ़ रहे थे। तभी रूद्र ने पैजनिया से एक विशाल सेना का आग्रह किया। रूद्र का आदेश मिलने के कुछ क्षण पश्चात् ही रूद्र के पीछे एक विशाल सेना युद्ध के लिए तैयार खड़ी थी। रूद्र ने तुरंत ही अपनी सेना को दंभकुमार की सेना के साथ मिलकर मकरहंद के सैनिकों से लड़ने का आदेश दिया। रूद्र का आदेश सुनने के पश्चात् रूद्र की सेना मकरहंद की सेना पर टूट पड़ी, इधर दूसरी तरफ मकरहंद भी अपने सैनिकों के साथ दंभकुमार के सैनिकों का संहार कर रहा था। युद्ध की स्थिति को देखते हुए। दंभकुमार के सैनिक अब पीछे हटने लगे थे। दंभकुमार यह स्थिति भाँप गया था, कि अगर इस युद्ध में उसकी हार होती है, तो शायद यह दैत्यों के युग का भी अंत होगा। यह श्रृष्टी में पहली बार हुआ था कि दैत्यों को दैत्यों के साथ लड़ना पड़ा है।

युद्ध में अंतः वह पल भी आ गया जब मकरहंद और रूद्र दोनों आमने–सामने खड़े थे। मकरहंद रूद्र को देखते ही उस पर पूरी ताकत के साथ कूद पड़ा। मकरहंद ने अपने मायावी शक्तियों व अस्त्र–शस्त्र की ताकत से रूद्र को कमजोर सा कर दिया। रूद्र धीरे–धीरे पराजय की तरफ बढ़ रहा था। रूद्र और मकरहंद का युद्ध वक्त के साथ–साथ भयानक होता जा रहा था।

मकरहंद एक वीर योद्धा होने के साथ–साथ अपनी मावावी शक्ति में निपूर्ण था। वो पलक झपकते ही कभी रूद्र के सामने से वार करता और दूसरे ही पल वह रूद्र के पीछे खड़ा होता। अपनी

मायावी शक्तियों की वजह से मकरहंद ने रूद्र को बुरी तरह से थका दिया था। ऐसा प्रतित हो रहा था जैसे मकरहंद रूद्र के साथ खेल रहा हो। तभी दंभकुमार की नजर रूद्र की तरफ पड़ी। दंभकुमार भागता हुआ रूद्र के समीप आया और मकरहंद को लड़ने के लिए अपने साथ उत्तेजित किया। दंभकुमार के इस हस्तक्षेप की वजह से रूद्र को युद्ध में थोड़ा संभलने का मौका मिला। लेकिन मकरहंद दंभकुमार के ऊपर हावी होने लगा तब दंभकुमार ने रूद्र से कहा की मित्र मकरहंद का अंत तभी संभव है। जब ये मायावी तलवार इसके सीने के पार किया जाए लेकिन इसकी तीव्र गति और मायावी शक्तियों की वजह से इसे रोक पाना असंभव प्रतीत हो रहा है। अंतः मित्र तुम्हें ही कोई युक्ति सुझानी होगी जिससे हम इस दैत्य का अंत कर सके।

रूद्र ने दंभकुमार से कहा कि हे मित्र अगर हम किसी प्रकार इस दैत्य को कुछ पल के लिए भी वार्तालाप के लिए रोक ले तो संभव है कि मैं इस दैत्य का अंत कर सकूँ। रूद्र से निर्देश मिलने के बाद दंभकुमार ने मकरहंद से कहा हे मकरहंद इस रक्तपात को रोक दो क्योंकि इस रक्तपात में सिर्फ और सिर्फ अगर हानि हो रही है तो दैत्यों की हो रही है क्योंकि यह इतिहास में पहली बार संभव हो रहा है कि दैत्य ही दैत्य के दुश्मन हो रहा है। दंभकुमार की वार्तालाप सुनने के बाद मकरहंद दंभकुमार के सामने अवतरित हुआ और उसने कहा की जब तक हम दैत्यों में आपसी फूट विद्यमान रहेगी तब तक हम यू ही एक दूसरे से लड़ते रहेंगे। तुम भी तो मेरे भाई हो लेकिन आज तुमने भी मेरे खिलाफ ही अस्त्र उठाया है। मकरहंद और दंभकुमार के वार्तालाप के दौरान रूद्र को अंततः वह पल मिल ही गया जिसमें वह उस मायावी तलवार को मकरहंद के

आर–पार कर सके। रूद्र ने बिना एक पल गवाएँ हुए वह मायावी तलवार मकरहंद के आर–पार कर दी। मकरहंद तलवार के प्रहार से अपने आप को बचा नहीं पाया और कुछ ही क्षण में वह पृथ्वी पर लहु–लुहान तड़प रहा था। मकरहंद को पृथ्वी पर गिरते ही दंभकुमार भी उसकी तरफ लपका। दंभकुमार, मकरहंद के शिश को अपनी गोद में लेकर रोने लगा। दंभकुमार ने मकरहंद से कहा कि भाई आप मुझसे सर्वश्रेष्ठ थे और सदैव मेरे आदरणीय रहेंगे। मैं बस अपने मित्र–धर्म और राजधर्म का पालन कर रहा था। अतः आप मेरे इस कृत्य को अगर संभव हो तो क्षमा करें।

मैं आपसे सदैव प्रेम करता था और करता रहूंगा। लेकिन मुझे सदैव दुःख इस बात का रहा कि आपने मुझे कभी छोटे भाई का मान नहीं दिया। दंभकुमार की बातों को सुनने के बाद मकरहंद ने कहा की भाई मैंने तुम्हारें साथ सदैव अन्याय किया जो अधिकार तुम्हारे थे सदैव मैंने उन अधिकारों का भी हरण किया तुम्हें वो सम्मान भी नसीब नहीं हुआ। अतः भाई हो सके तो मुझे माफ करना और मैं तुमसे एक ही वचन चाहता हूँ कि तुम सदैव दैत्य समाज और दैत्य प्रजाति की रक्षा हेतु अग्रसर रहोगे। इतना कहने के पश्चात ही मकरहंद मृत्युशंया में लीन हो गया। मकरहंद की मृत्यु के पश्चात् मकरहंद के सैनिक भी युद्ध स्थल छोड़कर भाग खड़े हुए। तथा चारों तरफ सिर्फ रूद्र और दंभकुमार की जयकार गुनज्यमान होने लगी।

युद्ध की समाप्ति के पश्चात् रूद्र सकुशल अपने परिवार के साथ दवादेव राज्य लौट गया। राज्य पहुचते ही राज्य के लोगों ने रूद्र और उसके परिवार का स्वागत किया। तथा कई वर्षों से विरान राज्य गद्दी पर रूद्र विराजमान हो गया। राज्य संभालने के पश्चात् रूद्र के

सामने जो सबसे पहली चुनौती थी वह यह थी कि वह सर्वप्रथम वह अपने राज्य को तथा उसके आस-पास के क्षेत्र को दैत्य शक्तियों के प्रकोप से मुक्त करे तथा पृथ्वी पर पुनः धर्म का प्रचार-प्रसार बढ़े। इसके लिए रूद्र ने पुनः अपनी सैना को गठित किया तथा वह दैत्यों के संधार हेतु निकल पड़ा। कुछ समय पश्चात् ही रूद्र को अपने कार्य में काफी सफलता मिली तथा वह अपने राज्य के साथ-साथ और कोई राज्य को भी दैत्य शक्तियों से आजाद करा चुका था।

दिन प्रतिदिन दैत्य शक्तियों की पराज्य से कलयुग की शक्तियाँभी क्षीण होने लगी थी जिसकी वजह से एक वक्त ऐसा भी आ गया जब कलयुग को यह लगने लगा की बहुत जल्द शायद उसका भी अंत हो जायेगा। इधर दंभकुमार के पास भी दैत्यों के पराज्य की खबर आने लगी थी। दंभकुमार एक अलग ही धर्मसंकट में फस चुका था कि वह इस परिस्थिति में वह अपने मित्र धर्म का पालन करे या राज्य धर्म का।

दूसरी तरफ कलयुग दैत्य गुरू शुक्राचार्य के पास अपनी व्यथा लेकर पहुँचा। दैत्य गुरू शुक्राचार्य भी इसी स्थिति से चिंतित थे की अब दैत्यों का भविष्य जो की अधर में है। उसको प्रायः कैसे पटरी पर लाया जाए। इधर दूसरी तरफ वह घड़ी भी आ गई जब रूद्र और दंभकुमार दोनों मित्र अपने राज्य धर्म का पालन करने हेतु एक-दूसरे के समक्ष शत्रु बन कर खड़े थे। दैत्य गुरू शुक्रचार्य यह भली-भांति जानते थे। यदि रूद्र और दंभकुमार के बीच युद्ध हुआ तो इसका परिणाम दैत्यों के हित में नहीं होगा। और यह भी संभव हो सकता है की इस युद्ध के पश्चात् दैत्यों का भविष्य सदैव के लिए समाप्त हो जाये। अतः वह स्वय दैत्य के भविष्य को बचाने हेतु रूद्र को

समझाने के लिए उसके पास पहुँचे। गुरू शुक्राचार्य ने रूद्र से कहा हें कुमार इस युद्ध से दैत्य शक्तियाँ पूर्ण रूप से क्षीण हो जाएगी। अतः इसका अस्तित्व पूर्णतः पृथ्वी से खत्म हो जाएगा। गुरू शुक्राचार्य की बात सुनकर रूद्र ने शुक्राचार्य से कहा कि गुरूवर मैं अपने राज्य धर्म का पालन कर रहा हूँ तथा मेरा भी यही लक्ष्य है कि मैं संसार से दैत्य शक्तियों को खत्म कर पुनः धर्म की स्थापना कर सकूँ। रूद्र की बात सुनने के पश्चात् दैत्य गुरू शुक्राचार्य ने रूद्र से कहा हे राजन धर्म और अधर्म सिक्के के वो दो पहलू है जिनके बिना सृष्टि का चलना नामुमकिन है। जिस प्रकार दिन का महत्त्व रात्रि की वजह से होता है। सुख की अनुभूति गम के पश्चात् ही पता चलता है। ठीक उसी प्रकार धर्म का महत्त्व तभी संभव है जब सृष्टि में अधर्म का वास हो। तथा अगर सृष्टि से रात्रि को हटा दिया जाये तो सृष्टि के नियम में भूचाल आ जायेगा। ठीक उसी प्रकार अगर दैत्य शक्तियां खत्म हो गयी तो भी सृष्टि का संतुलन नहीं बन पाएंगा। दैत्य गुरू शुक्राचार्य की बात सुनकर रूद्र धर्म संकट में पड़ गया तथा रूद्र ने इस परिस्थिति से निकलने के हेतु दैत्य गुरू शुक्राचार्य से समाधान पूछा तभी वहाँ पर कलयुग का भी आगमन हो गया। कलयुग काफी हताश और निराश दिख रहा था। उसने भी रूद्र से यही कहा कि हे राजन इस युद्ध के पश्चात् मेरा भी भविष्य अधर में आ जाएगा तथा मैं पूर्ण रूप से पृथ्वी लोक से अस्त को टाल दे तथा बचे हुए दैत्य समाज की रक्षा करे। उसके पश्चात दैत्य गुरू शुक्राचार्य और कलयग दोनों ने सृष्टि रचियता ब्रह्मदेव का आह्वान किया। कुछ समय उपरान्त ही ब्रह्मदेव उनके समक्ष प्रकट हुए। ब्रह्मदेव को सामने देखते ही सर्वप्रथम वहा उपस्थित सभी लोगों ने उन्हें प्रणाम किया तथा उसके उपरान्त दैत्य गुरू शुक्राचार्य ने

ब्रह्मदेव से कहा है ब्रह्मदेव आप सृष्टि के रचियता है और आप ही दैत्य देव व मानव के साथ-साथ इस ब्रह्माण में व्यापत सभी जीवों के पिता है। हे ब्रह्मदेव इस वक्त दैत्य समाज का भविष्य अधर में है। अतः हे ब्रह्मदेव आप हमे और दैत्य समाज की रक्षा हेतु ठोस कदम उठाये और दैत्य समाज के साथ-साथ कलयुग के भविष्य की भी रक्षा करे। ब्रह्मदेव ने शुक्राचार्य जी से कहा हे शुक्राचार्य पृथ्वी पर संतुलन बनना अति आवश्यक है और उस संतुलन के लिए मैं कलयुग को स्वतंत्र शक्तियां देता हूँ जिससे वह सृष्टि के कोने-कोने में अपने सम्राज्य की स्थापना करे तथा अब ये फैसला कलयुग पर छोड़ता हूँ कि वह सृष्टि पर संतुलन बनाने हेतु धर्म और अधर्म के बीच संतुलन स्थापित करें। ब्रह्मदेव के इस आह्वान के पश्चात्, कलयुग ने ब्रह्मदेव से कहा, हे देव! मेरे युग में मैं मनुष्य के विवेक पर नहीं अपितु उसके मन में वास करूगा। जिससे मनुष्य स्वतंत्र होगा और अपने विवेक अनुसार अपने निरपक्ष भाव से अपने विवेक अनुसार फैसला ले सकेगा। हे प्रभू! मैं मनुष्य के विवेक को इतनी शक्तियां प्रदान करूंगा कि वह अपनी इच्छा शक्ति के अनुसार जल, थल व नभ में अपनी कृतिमान स्थापित करेगा। आने वाले समय में कलयुग का मतलब कलपूर्जो का युग कहलायेगा ना कि धर्म और अधर्म का। तथा हे देव मैं देव व दैत्य दोनों शक्तियों के साथ मनुष्य के मन में निरपक्ष रूप से वास करूंगा। तथा मैं दोनों शक्तियों को सामान अधिकार दूगा की वो अपने भाव मनुष्य के ऊपर थोप सके तथा मनुष्य स्वतंत्र हो। अपने विवेक अनुसार इन दोनों में से एक शक्तियों के चयन करने हेतु। ब्रह्मदेव ने ये सुनने के पश्चात् कलयुग को वरदान दिया तथा उनके वरदान स्वरूप रूद्र और दंभकुमार के बीच का युद्ध समाप्त हो गया तथा कलयुग आज भी मनुष्य के मन

में विराजमान होकर मनुष्य के उस निर्णय की प्रतिरक्षा करता है जिससे मनुष्य अपने विवेक अनुसार स्वतः ही लेता है।

सारांश

मनुष्य एक ऐसा प्राणी है जिसकी सोचने की शक्तियाँ असीम है। जिसकी वजह से आज मनुष्य पृथ्वी पर सबसे बुद्धिमान शक्तिशाली और असीम इच्छाशक्ति वाला जीव है। इतिहास गवाह है पृथ्वी के उत्थान से लेकर अब तक मनुष्य सदैव प्रगति की तरफ अग्रसर रहा है। आज भी मनुय अपने विवेक अनुसार नए-नए प्रयोग करता है। तथा सदैव नए साधनों की खोज में व्यस्थ रहता है। यह ईश्वर की आसीम अनुकम्पा है की मनुष्य के अपने दृढ़ इच्छा शक्ति की वजह से पृथ्वी को अपने अनुसार ढाल लिया है। उक्त कहानी में लेखक ने यह दर्शाने की कोशिश की है कि कलयुग का तात्पर्य दुराचार नहीं अपितु इसका तात्पर्य कलपुर्जों के युग से है। धर्म और अधर्म यह मनुष्य की इच्छा शक्ति पर निर्भर करते है कि वह जिन्दगी अपने विवेक अनुसार किस पथ पर ले जाना चाहता है। जब-जब पृथ्वी पर मनुष्य के द्वारा दुराचार व अधर्म का प्रसारण हुआ है उसी वक्त उनके दुराचार और अधर्म को खंण्डित करने के लिए मनुष्य जाति ने ही आवाज उठाई है।

लेखक ने अपने उक्त कहानी के माध्यम से यह दर्शाने का यतन किया है की उच्च विचार और निम्न विचार सदैव मनुष्य के ही दास रहे है। यह मनुष्य पर निर्भर करता है कि वह अपना भविष्य किस तरफ ले जायेगा।

किताब के बारे में

रूद्र एक योद्धा एक काल्पनिक कहानी है जिसके माध्यम से लेखक ने यह दर्शाने की कोशिश की है कि मनुष्य सदैव स्वतंत्र है अपने विचारों अपनी अंतर आत्मा को सुनने के लिए। लेखक ने मनुष्य की अंतर आत्मा को धर्म और अधर्म से जोड़ने का प्रयास किया है। तथा यह समझाने का यत्न किया है कि समाज में बुराई हमारे अन्दर से ही आती है। यदि हम निश्चय कर ले तो हम अपने अंदर पनप रही बुराई का अंत कर सकते है।